やさしい敬語学習

輕鬆學日文敬語

副島 勉　編著
黃 國彥　中譯

附mp3 CD

鴻儒堂出版社發行

作者的話

　　2011年3月11日在日本東北地區發生了日本歷史上最大規模的巨大地震並引發大海嘯。這個新聞立刻傳到全世界，震撼了全世界人民。災難的人民目前已高達將近45萬名左右，但是值得注意的是日本人在面對這樣的災難下，表現出從容不迫、秩序井然。美國華盛頓時事報導說：為什麼沒有發生搶劫案？日本人為什麼這樣又冷靜又成熟？行動電話不能用了、在公用電話亭前大排長龍、他們忍耐的等待，即使在這樣的困境下也不抱怨。日本人都知道抱怨也沒有用的。對降臨的天災默默的接受、在困境中也不願意離開集團，遵守集團規定、保持集團利益，如此才能夠保證個人的安全和利益。日本人這樣的素質不是與生俱來的，而是經過了幾千年多的漫長歷史而獲得的。日本是自然災難不斷發生的國家，他們祖先的經驗累積而形成了這樣的素質。

　　我認為，「敬語」的關鍵就在這裡。語言當然反映了使用語言的社會價值觀，「敬語」當然反映著日本社會的價值觀。那麼，「敬語」的關鍵是什麼呢？我認為關鍵是

對別人的「気配り」，什麼是「気配り」？就是「關心別人」的意思。我們在日常生活中，爲了保持良好的人際關係而傷很多腦筋。在自己家裡也有、在公司裡也有、在朋友之間也有、我們都避免不了人跟人的摩擦。

一般來講，人們不喜歡給別人添麻煩，也不喜歡被別人添麻煩，而日本人特別講究不給別人添麻煩。日本人關心別人的精神反映於說話上，就自然而然變得客氣點、小聲點。我不知道喜歡說話直爽的台灣人對於日本人像這樣語氣委婉的說話有什麼感覺，但是大家應該知道破壞人際關係的最大原因是"禍從口出"。嘴巴有可能會變成一個恐怖武器、也有可能變成一個和平利器，爲了保持良好的人際關係，「敬語」能起很大的作用。

「敬語」當然有負面的地方。多用敬語的話，說話就變得不直爽、不坦白、不正確、結果有可能會發生錯誤或誤解。雖然如此，想要融入日本社會生活，學好「敬語」是必經之路。這本書針對日語初學者而編寫，內容易懂、解釋詳細，希望讀者們都能夠順利的通過「敬語」的路。

本書內容曾於「ステップ日本語〜階梯日本語雜誌」中連載，內容深獲好評，於是連載結束後在鴻儒堂黃成業

先生的建議下集結成冊，並加入全新內容，全書中文由投身日本語教育多年並致力於翻譯研究的黃國彥老師擔任翻譯，並給予了許多指導，特此鳴謝。

副島 勉

目　　錄

前　言

敬語的變遷

西　曆

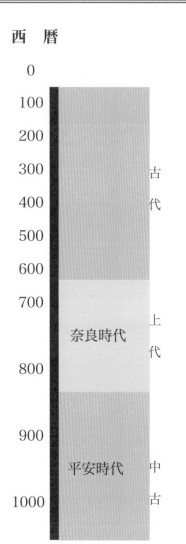

0
100
200
300
400
500
600
700
800
900
1000

古代

上代

中古

奈良時代

平安時代

絶対敬語

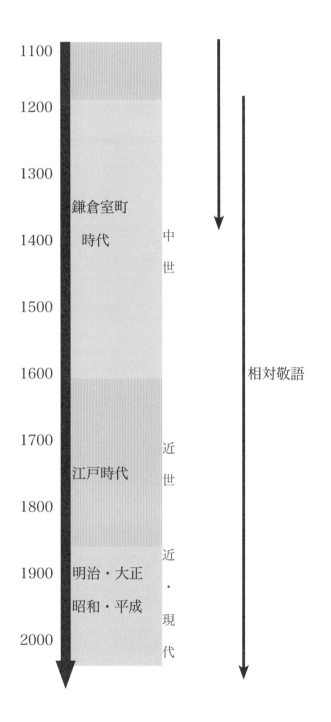

敬語の変遷

　多くの人間の集合体である現代社会は、人間が作り出す限り、必ず上下関係や親疎関係が生まれます。そして当然、人間が話す言葉にもそれらが反映されて敬語が生まれるのです。日本語の敬語は動詞から名詞、形容詞、副詞にまで及び、その用法は複雑多岐です。日本語学習者にとって敬語の習得は難しいでしょう。しかし日本語を使って日本の社会で生活するためには敬語の習得は避けて通れません。現代の敬語は上下関係や親疎関係を表すだけでなく、話し相手への「気配り」が重要な役割です。世界中で日本社会は間違いなく平和で平等な国の部類に属するでしょう。しかし、敬語は社会がいくら平等で平和になっても、なくならないでしょう。

　日本語の敬語の変化は、絶対敬語から相対敬語への変化です。絶対敬語とは封建時代の天皇、貴族、親子関係などに見られる、上下関係に使われる敬語のことです。天皇と臣下、親と子の関係のように、その上下関係は固定的で一生変わることはありません。一方、相対敬語とは社会的立場や条件によって、上下関係が

変わってしまうもので可変的なものです。例えばデパートの店員は客に対して敬語を使いますが、それは店員と客という社会的な立場の違いから生じる関係ですから、デパート以外ではその関係は通用しません。

　日本語の敬語の大まかな流れを見てみましょう。古代から中古にかけては、天皇を中心とする律令制や貴族社会であり、その構造はピラミッド型の縦構造です。従って敬語もその社会を反映して絶対敬語が主流です。

　中世に入ると、これまでの中央集権的な縦構造が各地に乱立するようになります。人と物の移動が以前よりも活発になり、人と人との接触が多くなってきます。そうなると、自然人間相互のコミュニケーションが重要になり、その潤滑油としての相対敬語が生まれてきました。横構造の敬語です。金谷武洋氏はこれをシーソー敬語と呼んでいます。場面によって上になったり下になったりする可変的な敬語です。

　中世の後期から江戸時代の近世になると、日本各地に街道ができて、人間の地理的移動は更に加速します。同時に商人が台頭して、

11

経済的な発展が人間同士の接触を更に加速させたに違いありません。絶対敬語は影をひそめて相対敬語が幅をきかせてきます。

　近・現代になると、人間の地理的移動は以前とは比較にならないほど飛躍的に増加します。社会構造も複雑になり、人が関わる場面も立場も多種多様になります。例えば、ある一人の男性は、朝起きて家族の父として妻や子どもたちと会話します。それから出社して部下と話して、上司と話して、顧客と話して、コンビニで店員と話して、携帯で友人と話して……というように、多くの場面で多くの人と接して、その度に敬語を使うでしょう。

　その敬語のほとんどが相対敬語です。それぞれの場面で自分の役割に合った言葉を使い分けているのです。現代は正に相対敬語の全盛時代と言えます。

敬語の現在

1．気配りが主役

　現在の敬語は相対敬語で、聞き手に対する「気配り」で使われる場合がほとんどです。「気配り」というのは、相手への気遣い、思いやりですから、会話を進める時の潤滑油となって、コミュニケーションを円滑にして、人間関係をスムーズにする働きをします。これが現在の敬語が「気配りの敬語」と言われる所以です。日本語学習者の中に、敬語は封建社会の反映だから、勉強しなくてもいいと言う学生がいます。それは間違いです。現在の相対敬語が相手への気配りから発せられていることを思えば、理解いただけると思います。

2．敬語の使い過ぎ

　テレビの料理番組を見ていると、「お酢」「お塩」「お鍋」「お水」「おさかな」「おのり」……

と、「お～」のオンパレードです。敬語も化粧と同じで、使いすぎると本来の効果を発揮するどころか、逆に慇懃無礼と言われ

るように、相手に不快感を与えてしまいます。一般的に、敬語を使えば使うほど、話は長く冗漫になります。そうすると意味が曖昧になって、感情のこもらない薄っぺらな話に聞こえがちです。例えば、「～というふうに考えておる次第でございます」と言うより、「～と思います」と言ったほうが、はるかに単純明快だと思いませんか。

３．マニュアル敬語

マニュアル敬語とは、コンビニ、ファミレス、ファーストフードなどの応対、社用の電話の応対などに使われる、定型化された接客用の敬語です。定型化された決まり文句ですから、感情のないロボットが話す言葉と同じです。ミスを少なくして仕事の効率を上げるためのものでしょうが、接客とは人と人とのコミュニケーションですから、感情がなかったら、客はいい気持ちはしません。パソコンや携帯電話などデジタル隆盛の現在であればこそ、人間味のあるアナログ言語の復活を願わずにはいられません。

4．タメ口

　日本では初対面の場合、相手との距離をできるだけ保とうとして、相手を立てるために敬語を使って、自分の範囲外の人間として処遇します。これをネガティブ・ポライトネスと言います。逆に、アメリカのように初対面でも相手との距離をできるだけ縮めて、早く親しくなるために自分の範囲に入れようとすることをポジティブ・ポライトネスと言います。

　タメ口とは、目上の人に対して、友だちと話すように砕けた言葉使いをすることです。最近、若い人がけっこう使うようになっています。目上の人を自分の友だちと同じように扱うということは、ポジティブ・ポライトネスなのです。つまり、日本語の中にもアメリカのようなポジティブ・ポライトネスがあるのです。

これからの敬語

　現在、敬語の重要な役割は相手への「気配り」です。気配りとは人の「優しさ」や「思いやり」ですから、それが敬語という形で言葉に具現化されることは、歓迎すべきことです。社会が平等になればなるほど、横並びの人間関係になって、話し手と聞き手がそれぞれの場面でシーソーのように揺れ動いています。両者が完全に対等ならシーソーは平行を保って動きませんが、その状態は平行を保つために非常に緊張した状態です。いつ両者の均衡が崩れるかもしれません。しかし、シーソーが上下に動いている時は、均衡が崩れていますが、シーソーに乗っている両者は気持ちがいいはずです。動いていますから景色も変わります。日本語のこのような相手への「気配り」の相対敬語がなくなることはなく、更にその相対化が進んでいくでしょう。

　具体的には、会話中に出て来る三人称への素材敬語があまり使われなくなっています。それから尊敬語から丁寧語、謙譲語から丁寧語への変化があります。やはり大きな流れは、話し手と聞き手の関係を重視する「気配り」敬語になっていくのではないでしょうか。

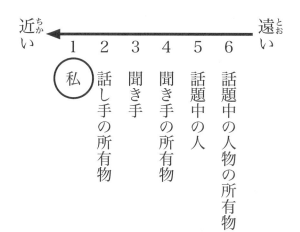

近い ← 遠い

1　私
2　話し手の所有物
3　聞き手
4　聞き手の所有物
5　話題中の人
6　話題中の人物の所有物

1：話し手　　　　　　一人称

2：話し手の所有物

3：聞き手　　　　　　二人称

4：聞き手の所有物

5：話題中の人　　　　三人称　　　　　　｝素材敬語

6：話題中の人の所有物

第**1**課

尊敬語（1）

使用敬語的場景

首先讓我們看看實際運用敬語的場景。

● 上下關係（上司和部屬）

部下：あのう、来期の企画書、もうご覧になりましたか。
ぶか　　　　　　らいき　きかくしょ　　　らん

部長：ああ、まだだよ。明日にでも見ておくよ。
ぶちょう　　　　　　　あした　　　　み

部屬：呃…下一季的企劃書您已經過目了嗎？

經理：啊，還沒。明天我會先看。

学生：あのう、○○大学への推薦書をお願いしたいんです
がくせい　　　　　だいがく　　　すいせんしょ　　ねが

　　　が……。

教授：ほう、○○大学、受けるんだ。じゃ、もっとがんばらなく
きょうじゅ　　　だいがく　う

　　　ちゃね。

18

學生：呃…我想請您幫我寫○○大學的推薦書…。

教授：哦，你要考○○大學。那就得多多加油囉！

● 社會上的立場（顧客和店員）

店員：お客様、とてもお似合いですよ。試着室でお召しになりま
　　　せんか？

客　：そうね。着てみようかしら。

店員：這位客人，我看非常適合您啊。要不要在試衣間試穿一下？

顧客：嗯，要不要穿看看呢。

● 親疏關係（初次晤面和朋友之間）

A：あのう、すみませんが、ちょっとお尋ねしたいんですが、○
　　○美術館ご存じですか？

B：ああ、○○美術館なら、この道をまっすぐ行くとあります
　　よ。

A：呃，對不起，請問您知道○○美術館怎麼走嗎？

B：啊，○○美術館的話這條路一直走就是啦。

● 內外之分（自家人和外人）

A：もしもし、田中ですが、山田課長、いらっしゃいますか？

B：恐れ入りますが、山田は今、席を外しております。

19

A：喂喂，我叫田中，山田經理在不在？

B：很抱歉，山田現在不在位子上。

各位已經掌握住使用敬語的場景了嗎？

使用敬語的場景

　　那麼我們馬上來看看敬語的具體用法吧。這一課是「尊敬語」。
敬語以人際關係為基礎，因此正確掌握人際關係相當重要。請仔細觀
察下圖中 A、B、C 的關係，閱讀下面的句子。

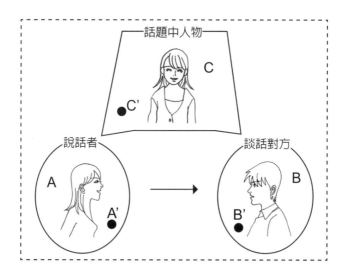

① 　A（說話者）直接抬高 B（談話對方）的動作。

　　私A ：田中先生、いつ台湾から帰られたんですか？
　　わたし　　　た なかせんせい　　　　　たいわん　　　かえ

田中Ｂ：先週、帰りました。
　　　　たなか　せんしゅう　かえ

Ａ（我）　　：田中老師，您是什麼時候從台灣回來的？

Ｂ（田中）：上禮拜回來。

② 　Ａ直接抬高Ｂ的地位。

Ａ：初めまして。鈴木様ですね。よろしくお願い致します。
　　はじ　　　　　すずきさま　　　　　　　　ねが　　いた

Ｂ：はい、鈴木です。こちらこそよろしく。
　　　　すずき

Ａ：幸會。您是鈴木先生吧。請多多指教。

Ｂ：是，我是鈴木。我才該請你多多指教。

③ 　Ａ抬高Ｂ的性質或狀態。

Ａ　　　：先生、最近お忙しいそうですね。
　　　　せんせい　さいきん　いそが

先生Ｂ：うん、そうだね。
せんせい

Ａ　　　　　：老師，聽說您最近很忙呢。

Ｂ（老師）：嗯，是啊。

④ 　Ａ抬高Ｂ´（Ｂ的所有物之類）。

Ａ　　　：先生のお住まいはどちらですか？
　　　　せんせい　　　す

先生Ｂ：品山三丁目だよ。
せんせい　しなやまさんちょうめ

Ａ　　　　　：老師您府上在哪裡？

Ｂ（老師）：品山三丁目啊。

⑤　Ａ間接抬高Ｃ（話題中人物）的動作。

Ａ　　：これ、昨日小川部長がくださったお土産なんだ。
　　　　　　きのう　お がわ ぶ ちょう　　　　　　　　　　　みやげ

友人Ｂ：へえ、そうなんだ。おれにも一つくれよ。
ゆうじん　　　　　　　　　　　　　　　　ひと

Ａ　　　　：這是小川經理昨天送給我的土產。

Ｂ（朋友）：哦，這樣子啊。也送我一個嘛。

⑥　Ａ間接抬高Ｃ´（話題中人物的所有物）。

Ａ　　：明日、小川部長の娘さんの結婚式に招待されたんだ。
　　　　あした　お がわ ぶ ちょう　むすめ　　　　けっこんしき　　しょうたい

友人Ｂ：えっ！部長のお嬢さん、結婚するんだって？知らなかっ
ゆうじん　　　　ぶちょう　じょう　　けっこん　　　　　　　　　　　し

　　　　たな。

Ａ　　　　：我獲邀參加小川經理千金明天的婚禮。

Ｂ（朋友）：什麼！你說經理的千金要結婚啊？我不知道。

※最近傾向不用⑤⑥

尊敬說法有以上的①②③④四種。我們來看看它們的構詞方式。

①　使用特殊形式

　　食べます　→　召し上がります
　　た　　　　　　め　あ

②　使用句型

　　食べます　→　お食べになります／お食べください
　　た　　　　　　　た　　　　　　　　　　た

22

③ 使用尊敬形

食べます　→　食べられます
た　　　　　　　た

④ 尊敬對方的物品或狀態

名詞　：家　　　→　お宅／お住まい
　　　　いえ　　　　　　たく　　す

形容詞：忙しい　→　お忙しい
　　　　いそが　　　　　いそが

【五種類的敬語】

遠	1.尊敬語	抬高談話對方或話題中人物（包括其範圍內物品）的動作、狀態、性質。相當於圖1的ＢＢ'ＣＣ'。
	2.謙讓語Ⅰ	說話者（包含其範圍內物品）壓低自己，以抬高談話對方或話題中人物（包括其範圍內物品）的動作、狀態、性質。相當於圖1的ＢＢ'ＣＣ'。
	3.謙讓語Ⅱ	說話者（包含其範圍內物品）壓低自己，以抬高談話對方。相當於圖1的ＢＢ'。
近	4.丁寧語	針對談話對方採取鄭重的說法。例如句尾的「～です」「～ます」「～でございます」等等。相當於圖1的Ｂ。
	5.美化語	說話者採取高雅的說法。例如「お酒」「お風呂」「お刺身」等等。相當於圖1的ＡＡ'Ｂ。

	① 特殊形式	② 利用句型	③ 利用尊敬形	④ 其他
尊敬語	いらっしゃいます ご覧になります らん 召し上がります め　あ ご存じです ぞん	お＋食べ＋ください 　た ご＋連絡＋ください 　れんらく お＋休み＋に 　やす 　　　＋なります ご＋休憩＋に 　きゅうけい 　　　＋なります 出張＋なさいます しゅっちょう	飲まれます(Ⅰ) の 食べられます た (Ⅱ) 来られます(Ⅲ) こ されます(Ⅲ)	お手紙 てがみ お宅 たく ご立派 りっぱ お暇 ひま 貴社 きしゃ
謙　譲 語　Ⅰ	申し上げます もう　あ 差し上げます さ　あ 拝見します はいけん 伺います うかが	お＋持ち 　も 　＋（致）します 　　いた ご＋紹介 　しょうかい 　＋（致）します 　　いた		お手紙 てがみ お誘い さそ ご連絡 れんらく ご案内 あんない
謙　譲 語　Ⅱ	参ります・申します・致します まい　　　もう　　　　いた 弊社・拙者・小社 へいしゃ　せっしゃ　しょうしゃ			
鄭 重 語	～です・～ます・～でございます			
美 化 語	お酒・お風呂・お冷・お弁当 さけ　ふろ　ひや　べんとう			

第**2**課

尊敬語（2）

人際關係的距離

　　這一課延續上一課，是「尊敬語」的第2回。請看上一課的圖1。

敬語最重要的是說話者和對方之間的人際關係的距離，請一面看圖

1，充分加以掌握。

　　圖 1

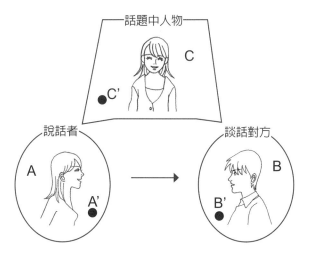

【練習1】 請解答下面各個場景的練習題。

● 場景①

學生：先生、明日何時頃研究室にいますか。 → （　　　　　）
がくせい　せんせい　あしたなんじ ごろけんきゅうしつ

先生：明日は、午後ならずっといるよ。
せんせい　あした　　　ごご

學生：老師您明天大約幾點會在研究室？

老師：明天下午的話都在。

● 場景②

店員：お客さん、こちらへどうぞ。 → （　　　　　）
てんいん　きゃく

客　：はい、ありがとう。
きゃく

店員：這位客人請這邊走。

顧客：謝謝。

● 場景③

学生：先生、相変わらず元気ですね。→（　　　　　）
がくせい　せんせい　あいか　　　げんき

先生：うん、おかげさまでね。
せんせい

學生：老師您還是那麼有精神！

老師：嗯，托福啦。

● 場景④

学生：先日、先生の家へ伺おうと思ったんですけど、住所がわ
がくせい　せんじつ　せんせい　うち　うかが　　　おも　　　　　　　　　　じゅうしょ

からなくて。→（　　　　　）

先生：そうか、それは残念だったね。
せんせい　　　　　　　　　ざんねん

學生：前幾天我本來想去老師家拜訪，可是不知道您的住址。

老師：這樣子啊，抱歉。

● 場景⑤

学生１：昨日、田中先生に会ったの？
がくせい　きのう　たなかせんせい　あ

学生２：うん。先月アフリカへ行ったそうだよ。
がくせい　　　　　せんげつ　　　　　　い

→（　　　　　）

學生１：昨天你見到田中老師沒有？

學生２：嗯。聽說他去了非洲一趟。

27

● 場景⑥

学生１：昨日、田中先生の家に行ったんだって？
　　　（がくせい）（きのう　　たなかせんせい　　うち　い）

学生２：うん、そうなんだ。帰りには奥さんにお土産までいた
　　　（がくせい）　　　　　　　　　（かえ）　　　（おく）　　　　　（みやげ）

　　　だいちゃったよ。→（　　　　　）

學生１：聽說你昨天去田中老師家？

學生２：嗯，對啊。臨走時師母還送我禮物呢。

尊敬語的構詞方式

接下來，我們來學「尊敬語」的構詞方式。如同上一課圖３所

示，尊敬語的表達方式有①②③④共四種。我們實際來看看吧。

【尊敬語表達方式的種類】

	①特殊形式	②利用句型	③利用尊敬形	④其他
尊敬語	いらっしゃいます ご覧になります（らん） 召し上がります（め　あ） ご存じです（ぞん）	お＋食べ＋ください（た） ご＋連絡＋ください（れんらく） お＋休み＋に＋なります（やす） ご＋休憩＋に＋なります（きゅうけい） 出張＋なさいます（しゅっちょう）	飲まれます（Ⅰ）（の） 食べられます（た）（Ⅱ） 来られます（Ⅲ）（こ） されます（Ⅲ）	お手紙（てがみ） お宅（たく） ご立派（りっぱ） お暇（ひま） 貴社（きしゃ）

① 使用特殊形式

行きます　→　いらっしゃいます

来ます　→　いらっしゃいます／お出でになります／

　　　　　　お見えになります／お越しになります

食べます　→　召し上がります

します　→　なさいます

います　→　いらっしゃいます

着ます　→　お召しになります

くれます　→　くださいます

② 利用句型

お＋ます形＋に＋なります／ご＋漢語名詞＋に＋なります

お＋ます形＋ください　　　／ご＋漢語名詞＋ください

食べます　→　お食べになります／お食べください

飲みます　→　お飲みになります／お飲みください

休憩します　→　ご休憩になります／ご休憩ください

出席します　→　ご出席になります／ご出席ください

※寝ます、います、着ます之類的「〇ます」單音節語不能造這個句型。

③ 利用尊敬形

第1類動詞（五段動詞）：○○ます　→　○○れます

い段　→　あ段＋れ

書きます　→　書かれます
か　　　　　　か

買います　→　買われます
か　　　　　　か

待ちます　→　待たれます
ま　　　　　　ま

第2類動詞（一段動詞）：

○○ます　→　○○られます　　　○ます　→　○られます

え段　→　＋られ　　　　　單音節　→　＋られ

食べます　→　食べられます　　　寝ます　→　寝られます
た　　　　　　た　　　　　　　　ね　　　　　　ね

寝ます　→　寝られます　　　　　います　→　いられます
ね　　　　　　ね

借ります　→　借りられます　　　出ます　→　出られます
か　　　　　　か　　　　　　　　で　　　　　　で

第3類動詞（不規則動詞）：　来ます　→　来られます
き　　　　　　こ

します　→　されます

結婚します　→　結婚されます
けっこん　　　　　　けっこん

④ 尊敬對方的物品或狀態

名詞：　家（家）　→　お宅／お住まい
うち　いえ　　　　たく　　す

車　→　お車
くるま　　くるま

写真　→　お写真
しゃしん　　しゃしん

家族　→　ご家族
かぞく　　　かぞく

形容詞：　忙しい　→　お忙しい
　　　　　いそが　　　　いそが

暇　→　お暇
ひま　　　　ひま

立派　→　ご立派
りっぱ　　　　りっぱ

健康　→　ご健康
けんこう　　　　けんこう

親切　→　ご親切
しんせつ　　　　しんせつ

上圖中的①②③是動詞的尊敬語，一般來說敬意的高低依序為①＞②＞③，④則是名詞和形容詞的尊敬語。並非所有的動詞都有①②③這三種尊敬語，視動詞而定，各有不同形式。例如：

①	→	②	→	③	→	普通形
召し上がります	→	お食べになります	→	食べられます	→	食べる
め　あ		た		た		た
×	→	お休みになります	→	休まれます	→	休む
		やす		やす		やす
いらっしゃいます	→	×	→	×	→	いる
ご覧になります	→	×	→	見られます	→	見る
らん				み		み
なさいます	→	×	→	されます	→	する
×	→	？	→	働かれます	→	働く
				はたら		はたら
ご存じです	→	×	→	×	→	知っている
ぞん						し
くださいます	→	×	→	×	→	くれる

【練習2】請將劃線部分改為適當的尊敬語表達方式。

---

❶ 学生：先生、昨日のテレビニュース①見ましたか？

先生：いいえ、テレビがあまり好きじゃなくてね。

学生：そうなんですか。先生はテレビが②嫌いなんですね。

→ (①＿＿＿＿＿＿＿＿＿＿＿＿＿)

→ (②＿＿＿＿＿＿＿＿＿＿＿＿＿)

學生：老師您看了昨天的電視新聞沒有？

老師：沒有，我不大喜歡看電視。

學生：這樣子啊。您討厭看電視噢。

❷ デパート放送：

さきほど、２階婦人服売り場でコートを③買った鈴木

美智子④さん、⑤いましたら、１階インフォメーショ

ンセンターまで⑥来てください。

→ (③＿＿＿＿＿＿＿＿＿＿＿＿＿)

→ (④＿＿＿＿＿＿＿＿＿＿＿＿＿)

→ (⑤＿＿＿＿＿＿＿＿＿＿＿＿＿)

→ (⑥＿＿＿＿＿＿＿＿＿＿＿＿＿)

百貨公司廣播：

　　剛才在二樓女裝部門買了一件短大衣的鈴木美智子小姐，
　　請您聽到廣播後前來一樓的詢問處。

❸ 学生：先生、久しぶりです。ずいぶん⑦痩せましたね。⑧どうしたんですか？

　　先生：ええ、ちょっと胃の手術をして退院したばかりなんだよ。

　　学生：そうだったんですか。あまり⑨無理を⑩しないでください。

→ （⑦＿＿＿＿＿＿＿＿＿＿＿＿＿）

→ （⑧＿＿＿＿＿＿＿＿＿＿＿＿＿）

→ （⑨＿＿＿＿＿＿＿＿＿＿＿＿＿）

→ （⑩＿＿＿＿＿＿＿＿＿＿＿＿＿）

學生：老師，好久不見。您瘦了很多不是嗎？是怎麼啦？

老師：嗯，我胃部動了個小手術才剛出院。

學生：這樣子啊。請您不要太勉強。

【練習1】解答：①いらっしゃいます　　②お客様
　　　　　　　　　　　　　　　　　　きゃくさま

　　　　　　　③お元気です　　　　　④お宅
　　　　　　　　　げんき　　　　　　　　たく

　　　　　　　⑤いらっしゃった　　　⑥奥様
　　　　　　　　　　　　　　　　　　おくさま

【練習2】解答：①ご覧になりました　②お嫌い
　　　　　　　　　　らん　　　　　　　きら

　　　　　　　③お買いになった（お買い上げの）
　　　　　　　　　か　　　　　　　　か　あ

　　　　　　　④様　　　　　　　　　⑤いらっしゃいましたら
　　　　　　　　さま

　　　　　　　⑥お越しください　　　⑦お痩せになりました
　　　　　　　　　こ　　　　　　　　　や

　　　　　　　⑧どうなさった　　　　⑨ご無理
　　　　　　　　　　　　　　　　　　　むり

　　　　　　　⑩なさらないでください

第 **3** 課

謙讓語（1）

「謙讓語Ⅰ」的構詞方式

　　這一課和下一課要介紹「謙讓語」。這一課先學「謙讓語Ⅰ」。「尊敬語」是以抬高對方（動作主體）的方式表示敬意，「謙讓語」則是以壓低自己（動作主體）的方式表示敬意。「謙讓語」當中「謙讓語Ⅰ」是壓低動作主體，對該動作的接受者表示敬意。下面就以實例介紹「謙讓語Ⅰ」的構詞方式。

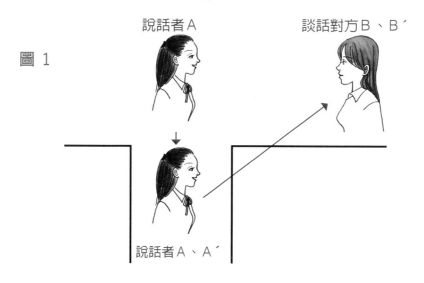

圖 1

說話者 A　　　　　　談話對方 B、B′

說話者 A、A′

① 使用特殊形式

言います	→	申し上げます
あげます	→	差し上げます
見ます	→	拝見します
聞きます	→	拝聴します
見せます	→	お目にかけます／ご覧に入れます
行きます	→	伺います
来ます	→	伺います
尋ねます	→	伺います
訪ねます	→	伺います
知っています	→	存じ上げております
会います	→	お目にかかります
借ります	→	拝借します
もらいます	→	いただきます

② 利用句型

お＋ます形＋（いた）します		ご＋ます形＋（いた）します	
持ちます →	お持ちします	連絡します →	ご連絡します
呼びます →	お呼びします	紹介します →	ご紹介します
取ります →	お取りします	案内します →	ご案内します
電話します →	お電話します	報告します →	ご報告します

③ **其他**

手紙 てがみ	→	お手紙 てがみ	相談 そうだん	→	ご相談 そうだん
電話 でんわ	→	お電話 でんわ	通知 つうち	→	ご通知 つうち
誘い さそ	→	お誘い さそ	挨拶 あいさつ	→	ご挨拶 あいさつ
願い ねが	→	お願い ねが	無礼 ぶれい	→	ご無礼 ぶれい

使用謙讓語的情況

　　掌握了謙讓語Ｉ的構詞方式後，接下來讓我們參考圖1探討一下使用謙讓語的情況。

① Ａ（說話者）壓低自己的動作，直接抬高Ｂ（談話對方）的地位。

② Ａ（說話者）壓低自己的動作，抬高Ｂˊ（Ｂ的所有物之類）的地位。

③ Ａ（說話者）壓低自己的動作，抬高Ｃ（話題中人物）的地位。

④ 壓低Ａˊ（Ａ的所有物之類）的動作，抬高Ｂ（談話對方）的地位。

【會話實例】

① A（說話者）壓低自己的動作，直接抬高B（談話對方）的地位。

A（係）：お客様、タクシーをお呼びしましょうか？
　かかり　　きゃくさま　　　　　　よ

B（客）：はい、お願いします。
　きゃく　　　　　ねが

A（該部門職員）：這位客人，要不要我來幫您叫計程車？

B（顧客）　　　：好，麻煩你了。

② A（說話者）壓低自己的動作，抬高B´（B的所有物之類）的地位。

A（部下）：昨日部長の奥様に、駅前で偶然お会いしましたよ。
　ぶか　　きのう ぶちょう　おくさま　　えきまえ ぐうぜん　あ

B（部長）：そうか。家内に会ったか。
　ぶちょう　　　　　かない　あ

A（部屬）：我昨天偶然在車站前面遇到經理您夫人呢。

B（經理）：哦，你碰到內人啊。

③ A（說話者）壓低自己的動作，抬高C（話題中人物）的地位。

A（学生）：卒論のテーマ、決めたの？
　がくせい　そつろん　　　　　き

B（学生）：うん、日本語の「敬語」について書こうかなと思っ
　がくせい　　　にほんご　けいご　　　　　　　　か　　　　　おも

　　　　　てるんだ。

A（学生）：「敬語」なら、鈴木教授が専門だったはずだよ。
　がくせい　けいご　　　すずき きょうじゅ せんもん

38

B（学生）：そうか。じゃ、いろいろ<u>伺って</u>みようかな。
　がくせい　　　　　　　　　　　　うかが

A（學生）：畢業論文的題目，你決定了嗎？

B（學生）：嗯，我想是不是來寫日語的「敬語」。

A（學生）：「敬語」的話，應該是鈴木教授的專長。

B（學生）：是嗎？那我是不是該多多請教他呢。

④　壓低 A´（A 的所有物之類）的動作，抬高 B（談話對方）的地
　　位。

A（親）　：昨日、娘が大学院の推薦書のことで先生のお宅へ
　おや　　　きのう　むすめ　だいがくいん　すいせんしょ　　せんせい　　たく
　　　　　　<u>伺った</u>そうですね。
　　　　　　うかが

B（先生）：はい、無事合格するといいですね。
　せんせい　　　　ぶ　じ　ごうかく

A（家長）：聽說小女昨天爲了推薦書到府上拜訪。

B（老師）：對，但願她能順利考上。

在日常生活場景中使用的「謙讓語 I」

接下來是日常生活場景中所使用的「謙讓語 I」。請看下面 4 個場景。

① 上下關係（上司和部屬）

② 社會上扮演的角色（店員和顧客）

③ 親疏關係（第一次見面）

④ 內與外（自己人和外人）

【會話實例】

①上下關係（上司和部屬）

A（上司）：来期の販売計画書、メールで送ってくれないか。
　　じょうし　　らいき　はんばいけいかくしょ　　　　おく

B（部下）：はい、今週中にはお送りいたします。
　　ぶか　　　　こんしゅうちゅう　おく

A（上司）：下一季的銷售計畫可以用E-mail寄給我嗎？

B（部屬）：好的。我會在本週內寄過去。

②社會上扮演的角色（店員和顧客）

A（店員）：お客様、お買い上げの商品は、明日お届けいたしま
　　てんいん　　きゃくさま　　か　あ　　しょうひん　　あす　とど
　　　　　　す。

B（客）　：そうですか。ありがとう。
　　きゃく

A（店員）：這位客人，您購買的商品明天會送過去。

B（顧客）：這樣子啊，謝謝。

③親疏關係（第一次見面）

A：あのう、ちょっと<u>伺いたい</u>んですが、近くに交番ありません
　うかが　　　　　　　　　　　　　　ちか　　こうばん
　か。

B：交番なら、あの交差点の角にありますよ。
　こうばん　　　　　こうさてん　かど

A：呃，請問一下，附近有派出所嗎？

B：派出所的話，在那十字路口啊。

④ 内與外（自己人和外人）

A：明日の工場見学、誰が案内してくれるのかな。
　あ　す　こうじょうけんがく　だれ　あんない

B：あのう、部下の高橋が<u>ご案内いたします</u>。よろしくお願いし
　　　　　ぶ　か　たかはし　　あんない　　　　　　　　　　　　ねが
　ます。

A：明天參觀工廠，誰幫忙帶路啊？

B：呃，我的部屬高橋會幫您帶路。請多指教。

【練習】請將下面的劃線部分改為適當的謙讓表達方式。

① A：こんど一度どこかで<u>会いたいです</u>ね。
　　いちど　　　　　　あ

　　→（　　　　　　　）

　　B：そうですね。ぜひ機会があったら。
　　　　　　　　　　　　きかい

　　A：希望下次能在哪裡跟您見一次面。

　　B：是啊。有機會的話務必。

② A：じゃ、明日の３時に家で待ってます。
　　　　　あす　　じ　うち　ま

　　B：はい、<u>行く前に電話します</u>。
　　　　　　　い　まえ　でんわ

　　→（　　　　　　　）（　　　　　　　　　）

　　A：那麼我明天三點在家裡等你。

　　B：好的。去之前我會打電話給你。

③ A：経済不況で、日本の自動車メーカーが中国から撤退するそ
　　　けいざいふきょう　にほん　じどうしゃ　　　　ちゅうごく　てったい
　　うですね。

　　B：そのことなら、<u>私も知っています</u>。
　　　　　　　　　　　わたし　し

　　→（　　　　　　　）

　　A：據說因為經濟不景氣的關係，日本的汽車製造廠商要從中國

　　　　撤退。

　　B：這個消息我也知道。

④ A：君、大学院の推薦書、どうするの？

　　B：あのう、田中教授に書いてもらおうかなって思ってるんだ。

　　→（　　　　　　　）

　　A：你研究所的推薦書怎麼辦？

　　B：呃……我正想要不要請田中教授幫我寫。

⑤ A：初めまして。担当の鈴木です。

　　B：こちらこそ。お名前は、かねがね聞いています。

　　→（　　　　　　　）

　　A：幸會。我是承辦人，敝姓田中。

　　B：幸會。您大名我早就耳聞。

⑥ A：わが社の新製品、ぜひ会って、見せたいのですが。

　　→（　　　　　　）（　　　　　　　）

　　B：そうですね。楽しみにしていますよ。

　　A：我們公司的新產品，我非常希望跟您見個面讓您過目一下。

　　B：是啊。我也很期盼呢。

43

⑦ A：来期の新製品のこと、どうなってる？
　　らいき　　しんせいひん

　　B：はい、その件については、私がすでに先方に直接電話し
　　　　　　　けん　　　　　　　わたし　　　　　せんぽう　ちょくせつでんわ

　　　て、言いました。
　　　　　い

　　→ (　　　　　　　) (　　　　　　　　)

　　A：下一季的新產品，進行得如何？

　　B：是的。關於這一點，我已經直接打電話給對方談過了。

⑧ A：やあ、田中君、しばらく。勉強のほうはどうだね。
　　　　　　た なかくん　　　　　　　　べんきょう

　　B：あっ、鈴木先生。しばらくです。手紙をあげようと思って
　　　　　　すずき せんせい　　　　　　　　てがみ　　　　　　　　　おも

　　　いたんですが、ついつい……。

　　→ (　　　　　　　) (　　　　　　　　)

　　A：嗨，田中同學，好久不見。功課怎麼樣？

　　B：啊，鈴木老師，久違了。我本來打算寫信給您，最後還是沒

　　　　……。

【練習】解答

①お会いしたい　②伺う・お電話します　③存じ上げております
　　あ　　　　　　うかが　でんわ　　　　　ぞん　あ

④書いていただこう　⑤伺っております　⑥お会いして・お見せしたい
　か　　　　　　　　うかが　　　　　　　　あ　　　　　み

⑦お電話して・申し上げました　⑧お手紙・差し上げよう
　でんわ　　もう　あ　　　　　　　てがみ　さ　あ

44

第4課

謙讓語（2）

「謙讓語Ⅱ」的構詞方式

這一課是上一課「謙讓語Ⅰ」的延續，要學「謙讓語Ⅱ」。「謙讓語Ⅰ」是將動作主體的地位壓低，結果相對地表達出對對方（動作的接受者）的敬意。

例如：

上司：先日の話、どうなった？　……　①
　　　じょうし　せんじつ　はなし

部下：その話は先日、私が電話でA社の社長に申し上げま
　　ぶか　　　　はなし　せんじつ　わたくし　でんわ　　しゃ　しゃちょう　もう

　　　した。　　　　　　　　　　　　　　　　　　　　　　　（○）

上司：前幾天說的那件事結果如何？

部屬：那件事我前幾天已經打電話給A公司的董事長說過

　　　了。

①句的結構如下所示，是正確的句子。

　　　動作主體　　　＝　　「部下」＝「私」

　　　動作接受者　　＝　　「Ａ社の社長」

　　　談話對方　　　＝　　「上司」

　　　謙讓語Ⅰ　　　＝　　「申し上げました」

接下來請看②句。

上司：先日の話、どうなった？　……　②
　　　じょうし　せんじつ　はなし

部下：その話は先日、私が電話で父に申し上げました。
　　　ぶか　　はなし　せんじつ　わたくし　でんわ　ちち　もう　あ
　　　　　　　　　　　　　　　　　　　　　　　（×）

上司：前幾天說的那件事結果如何？

部屬：那件事我前幾天已經打電話稟告家父了。

---

②句的結構如下所示，是錯誤的句子。

　　　動作接受者　　＝　　「父」

　　　談話對方　　　＝　　「上司」

　　　謙讓語Ⅰ　　　＝　　「申し上げました」

各位知道②句不對的理由何在嗎？

對，沒錯。「謙讓語Ⅰ」是抬高動作接受者地位的敬語，說「父に申し上げました」就會變成把自己父親的地位抬高的句子。日本沒

有把自己父親（自家人）的地位抬高的習慣，所以這是錯誤的說法。

那麼應該怎麼說才對？

MP3
10

上司：先日の話、どうなった？　……　②′

部下：その話は先日、私が電話で父に申しました。
（○）

上司：前幾天說的那件事結果如何？

部屬：那件事我前幾天已經打電話跟家父說了。

動作主體　　＝　「部下」＝「私」

動作接受者　＝　「父」

談話對方　　＝　「上司」

謙讓語Ⅱ　　＝　「申しました」

要這樣說才對。因為「申します」屬於謙讓語Ⅱ。

也就是說，「謙讓語Ⅰ」的「申し上げます」是所謂「話題敬語」用來抬高出現於話題中的人物（動作接受者）的地位，而「謙讓語Ⅱ」的「申します」並沒有這個作用。因為它是以談話對方為對象的敬語。「申します」是以談話對方也就是「上司」為對象的「對者敬語」。

「謙讓語Ⅰ」和「謙讓語Ⅱ」的區別

　　由此可見「謙讓語Ⅰ」和「謙讓語Ⅱ」在用法上有極大的不同，必須注意。在下表中我們舉了一些具有代表性的「謙讓語Ⅰ」和「謙讓語Ⅱ」的例詞。

普通形	謙讓語Ⅰ	謙讓語Ⅱ
言う	申し上げます	申します
訪問する	伺います	参ります
知っている	存じ上げます	存じます

　　「謙讓語Ⅰ」和「謙讓語Ⅱ」的關係可以圖示如下。

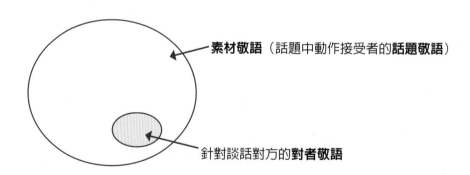

　　　　　　　　　　　素材敬語（話題中動作接受者的**話題敬語**）

　　　　　　　　　針對談話對方的**對者敬語**

　　上圖中重疊的部分指的是「話題中的動作接受者」和「談話對方」為同一個人的情況，也就是下面例句的情況。因此用「伺います」或「参ります」都行。

（MP3 11）先生：大学院の推薦書、いつ取りに来ますか。　……　③
せんせい　　だいがくいん　すいせんしょ　　　と　　　　き

学生：今日の午後１時ごろ（伺います／参ります）ので、
がくせい　きょう　ごご　じ　　　うかが　　　まい

　　　よろしくお願いします　　　（○）　　（○）
　　　　　　　　ねが

老師：研究所的推薦信，你甚麼時候來拿？

學生：今天下午一點左右會過來，麻煩您了。

動作主體　　＝　「学生」

動作接受者　＝　談話對方　＝　「先生」

謙讓語Ｉ　　＝　「伺います」／謙讓語ＩＩ　＝　「参ります」

　　接下來就讓我們運用截至目前所學的敬語表達方式來挑戰一下練習題吧。

【練習】

　　請將下面的劃線部分改為適當的敬語說法填入下面方框裡的

　　（　　　　　）內。

1 ホテルのフロントで〈在飯店櫃檯〉

客 ：あのう、電話で予約した者なんで
きゃく　　 でんわ　 よやく　 もの
　　　　　 すが……

フロント：はい、いらっしゃいませ。①名前
　　　　　　　　　　　　　　　　 なまえ
　　　　　 は何と②言いますか。
　　　　　　 なん　 い

客 ：山本一郎です。
きゃく　 やまもといちろう

フロント：③山本さんですね。④ちょっと
　　　　　 やまもと
　　　　　 待ってください。⑤待たせまし
　　　　　 ま　　　　　　　　　 ま
　　　　　 た。今晩23日から25日まで⑥泊ま
　　　　　　 こんばん　 にち　　　　 にち　　　 と
　　　　　 りますね。

客 ：はい、そうです。
きゃく

フロント：⑦この用紙に、⑧名前と⑨住所を
　　　　　　 ようし　　 なまえ　 じゅうしょ
　　　　　 ⑩書いてください。⑪部屋の鍵は
　　　　　　 か　　　　　　　 へ や　 かぎ
　　　　　 ⑫これです。⑬お客さんの⑭荷物
　　　　　　　　　　　 きゃく　　 にもつ
　　　　　 は、ベルボーイが⑮部屋まで⑯運
　　　　　　　　　　　　　　　 へ や　　　 はこ
　　　　　 びます。

客 ：そうですか。どうもありがとう。
きゃく

顧客 ：呃…我有打電話訂房…。

櫃檯人員：歡迎光臨。您大名是？

顧客 ：山本一郎。

(①	)
(②	)
(③	)
(④	)
(⑤	)
(⑥	)
(⑦	)
(⑧	)
(⑨	)
(⑩	)
(⑪	)
(⑫	)
(⑬	)
(⑭	)
(⑮	)
(⑯	)

櫃檯人員：山本先生是吧。請稍候。

　　　　　讓您久等了。您是今晚23日住到25日是吧？

顧客　　：對，沒錯。

櫃檯人員：請在這張表格填上您的大名和住址。這是房間鑰匙。

　　　　　您的行李，服務生會送到房間。

顧客　　：是嗎。謝謝。

2　デパートで〈在百貨公司〉

店員：お買い上げ、ありがとうございま
　　　す。現金で①支払いますか。

客　：カードでお願いします。

店員：②わかりました。③じゃ、④ここにサ
　　　インをお願いします。商品は⑤持ち
　　　帰りますか。それともこちらが⑥家
　　　まで⑦届けましょうか。

客　：今日は車で来たので、今持って帰ろ
　　　うかな。そうだ、プレゼント用なの
　　　で、きれいに包装してください。

店員：はい、⑧いいですよ。リボンを⑨付け
　　　ましょうか。

客　：そうですね、お願いします。

（①＿＿＿＿＿＿）

（②＿＿＿＿＿＿）

（③＿＿＿＿＿＿）

（④＿＿＿＿＿＿）

（⑤＿＿＿＿＿＿）

（⑥＿＿＿＿＿＿）

（⑦＿＿＿＿＿＿）

（⑧＿＿＿＿＿＿）

（⑨＿＿＿＿＿＿）

店員：謝謝您的惠顧。您付現嗎？

顧客：我要刷卡。

店員：好的。那麼請在這裡簽名。

　　　貨品要自己帶回去，還是我們送到府上？

顧客：今天有開車來，要不要現在帶回去呢。

　　　對了，是禮物請包裝漂亮點。

店員：是，沒問題。要加緞帶花嗎？

顧客：這個嘛，就麻煩您了。

3　病院で〈在醫院内〉
びょういん

医者：その後、お父さんの術後の具合はどう　　（①＿＿＿＿＿＿）
い しゃ　　　ご　とう　　じゅつご　ぐあい

　　　ですか。
　　　　　　　　　　　　　　　　　　　　　　（②＿＿＿＿＿＿）

A　　：はい、おかげさまで、順調に回復して
　　　　　　　　　　　　　　　じゅんちょう　かいふく

　　　おります。
　　　　　　　　　　　　　　　　　　　　　　（③＿＿＿＿＿＿）

医者：それはよかったですね。
い しゃ
　　　　　　　　　　　　　　　　　　　　　　（④＿＿＿＿＿＿）

A　　：はい、父が「もう少しよくなったら、
　　　　　　　ちち　　　　すこ

　　　是非こちらの病院に①来て、②世話に　　（⑤＿＿＿＿＿＿）
　　　ぜ ひ　　　　　びょういん　き　　　せ わ

　　　なった先生に③礼を④言いたい」とい
　　　　　　　せんせい　れい　　い

　　　つも⑤言っています。
　　　　　　い

医者：そうですか。そんなに気を使われなく
い しゃ　　　　　　　　　　　　　　き　つか

　　　てもよろしいですよ。

醫生：你父親手術後情況怎麼樣？

Ａ　　：是，托福恢復得很順利。

醫生：那太好了。

Ａ　　：是的，父親常跟我說「再好一些的話，一定要來醫院這
　　　　裡向照顧自己的醫生道謝。」

醫生：這樣子啊。不必那麼在意啦。

【練習】解答

１：①お名前　　②おっしゃいます　　③山本様

　　④少々お待ちください　　⑤お待たせしました

　　⑥お泊まりになります　　⑦こちらの　　⑧お名前

　　⑨ご住所　　⑩お書きください　　⑪お部屋

　　⑫こちら　　⑬お客様　　⑭お荷物　　⑮お部屋

　　⑯お運びします

２：①お支払いになります　　②かしこまりました

　　③では　　④こちら　　⑤お持ち帰りになります

　　⑥お宅　　⑦お届けしましょう　　⑧よろしいです

　　⑨お付けしましょう

３：①伺って　　②お世話　　③お礼　　④申し上げたい

　　⑤申しております

鄭重語（１）

「鄭重語」的構詞方式

　　這一課要學習「鄭重語」。之前所學的「尊敬語」和「謙讓語」是針對動作主體或動作接受者表示敬意的表達方式，而且他們必須是適合來表示敬意的對象。但這次要介紹的「鄭重語」則不然。「鄭重語」是可以廣泛使用的敬語表達方式。具體地說，「鄭重語」是以句尾的「～ます」、「～です」、「～でございます」等形式來表達。

	普通形	鄭重形 （です・ます）	鄭重形 （でございます）
動詞	行<ruby>行<rt>い</rt></ruby>く 行<ruby>行<rt>い</rt></ruby>かない 行<ruby>行<rt>い</rt></ruby>った 行<ruby>行<rt>い</rt></ruby>かなかった	行<ruby>行<rt>い</rt></ruby>きます 行<ruby>行<rt>い</rt></ruby>きません 行<ruby>行<rt>い</rt></ruby>きました 行<ruby>行<rt>い</rt></ruby>きませんでした	

い形容詞 （＝形容詞）	たかい たかくない たかかった たかくなかった	たかいです たかくないです たかかったです たかくなかったです	
な形容詞 （＝形容動詞）	有名だ ゆうめい 有名じゃない ゆうめい 有名だった ゆうめい 有名じゃなかった ゆうめい	有名です ゆうめい 有名じゃありません ゆうめい 有名でした ゆうめい 有名じゃありません でした	有名でございます ゆうめい 有名ではございません ゆうめい 有名でございました ゆうめい 有名ではございません でした
名詞	雨だ あめ 雨じゃない あめ 雨だった あめ 雨じゃなかった あめ	雨です あめ 雨じゃありません あめ 雨でした あめ 雨じゃありませんで した	雨でございます あめ 雨ではございません あめ 雨でございました あめ 雨ではございませんでし た

 請看下面①～③的句子。

明日、田中社長が来る。　　　　　　　①
あす　た なかしゃちょう く
　　　　（○）

明日、田中社長が来ます。　　　　　　①´
あす　た なかしゃちょう き
　　　　（○）

明日、田中社長がいらっしゃいます。　①´´
あす　た なかしゃちょう
　　　　　（○）

〈明天田中董事長要來。〉

55

①和①´①´´的句子可以分析如下：

動作主體：①①´①´´田中社長

動　　作：①来る（普通形）／①´来ます（鄭重形）／

　　　　　①´´いらっしゃいます（尊敬語）

②和②´②´´的句子同樣來分析看看。

毎日娘が飼い犬のポチにえさをやる。　　　　　②
まいにちむすめ　　か　　いぬ
　　　　　　　　　　　　　　（○）

毎日娘が飼い犬のポチにえさをやります。　　　②´
まいにちむすめ　　か　　いぬ
　　　　　　　　　　　　　　（○）

毎日娘が飼い犬のポチにえさを差し上げます。　②´´
まいにちむすめ　　か　　いぬ　　　　　さ　あ
　　　　　　　　　　　　　　（×）

〈女兒每天幫家裡飼養的狗兒波吉餵食。〉

動 作 主 體：②②´②´´娘

動　　　　作：②やる（普通形）／②´やります（鄭重形）／

　　　　　　②´´差し上げます（謙讓語Ⅰ）

動作接受者：ポチ

再看另一句。

> 台所にゴキブリが隠れている。　　　　　③
> だいどころ　　　　　　　　　かく
> 　　　　　　　　　（○）
>
> 台所にゴキブリが隠れています。　　　　③´
> だいどころ　　　　　　　　　かく
> 　　　　　　　　　（○）
>
> 台所にゴキブリが隠れていらっしゃいます。　③´´
> だいどころ　　　　　　　　　かく
> 　　　　　　　　　（×）
>
> 〈蟑螂躲在廚房裡。〉

動作主體：③③´③´´ゴキブリ

動　　作：③隠れている（普通形）

　　　　　③´隠れています（鄭重形）

　　　　　③´´隠れていらっしゃいます（尊敬語）

　　由上面的例句可知，不管動作主體或動作接受者是董事長、狗兒、甚至是蟑螂，都可以用鄭重形——「田中社長が－来ます」、「ポチに－やります」、「ゴキブリが－隠れています」。可見用「鄭重語」時，即使動作主體或動作接受者不是適合來表示敬意的對象也沒有關係。由此可知「です」、「ます」並非「話題敬語」。

　　可是請看②´´③´´。「ポチに－差し上げます（×）」、「ゴキブリが－隠れていらっしゃいます（×）」這樣的說法不能成立。由於

謙讓語「差し上げます」和尊敬語「いらっしゃいます」都屬於「話題敬語」，動作接受者「ポチ」和動作主體「ゴキブリ」必須是適合來表示敬意的對象才行。但一般說來、「ポチ」和「ゴキブリ」都不是適合來表示敬意的對象，所以就變成錯誤的說法了。

不能用「です」、「ます」的情況

那麼鄭重語「です」、「ます」是否可用於任何情況？其實不然。

---

1 請修改下面會話中不自然之處。

（父子對話）

父   ：健一、<u>彼女できましたか</u>？
ちち   けんいち かのじょ
息子：ううん、なかなかできなくてさ。
むすこ

父親：健一，您交到女朋友了嗎？

兒子：沒有，很難交到啊。

　　首先，大概不會有父子用這樣的說法來對話吧。通常會把鄭重形「できましたか」改為普通形「できたか」。也就是說，這樣的場景之下父親不會對兒子使用鄭重語。下面再看另一段會話例句。

2　請修改下面會話中不自然之處。

（顧客和店員對話）

客
きゃく　：これ、ください。一万円でお願いします。
　　　　　　　　　　いちまんえん　　ねが

店員：はい、二千五百円の<u>お釣りだ</u>。
てんいん　　にせんごひゃくえん　　つ

顧客：我要這個。麻煩您用這一萬元結帳。

店員：好，找你二千五百元。

　　這樣的對話實際上也不可能出現。在這個場景下，店員不會對顧客使用普通形，必須把「お釣りだ」改為「お釣りです」或「お釣りでございます」。

　　換言之，鄭重語「です」、「ます」、「でございます」要挑對象來使用。由於它帶有以鄭重語氣和對方交談的色彩，所以是十足的「對者敬語」。

3　請將劃線部分改為普通形。

気象庁に①<u>よります</u>と、今年は桜の開花が②<u>早い</u>そうです。
きしょうちょう　　　　　　　　　　　　ことし　さくら　かいか　　はや

毎年開花時期が早くなって③<u>いる</u>ようですが、地球温暖化の影響
まいとしかいかじき　はや　　　　　　　　　　　ちきゅうおんだんか　えいきょう

は確実に表れて④<u>います</u>。桜は４月前後に咲く春を代表する⑤<u>花</u>
かくじつ　あらわ　　　　　　さくら　がつぜんご　さ　はる　だいひょう　　はな

<u>です</u>が、温暖化が更に⑥<u>進み</u>ますと、１月や２月に咲いてしまっ
　　　　おんだんか　さら　　　すす　　　　　　がつ　　がつ　さ

て、入学シーズンのイメージに合わなくなって⑦<u>しまい</u>ます。地
にゅうがく　　　　　　　　　　　　　あ　　　　　　　　　　　　　ち

球温暖化は人ごとでは⑧<u>ない</u>のです。
きゅうおんだんか　ひと

(①＿＿＿＿＿＿＿＿＿＿)　(②＿＿＿＿＿＿＿＿＿＿)

(③＿＿＿＿＿＿＿＿＿＿)　(④＿＿＿＿＿＿＿＿＿＿)

(⑤＿＿＿＿＿＿＿＿＿＿)　(⑥＿＿＿＿＿＿＿＿＿＿)

(⑦＿＿＿＿＿＿＿＿＿＿)　(⑧＿＿＿＿＿＿＿＿＿＿)

　　根據氣象局表示，今年櫻花會提早開。開花時期好像每年都提
早，這顯然是受到地球暖化的影響。櫻花是代表春天的花，在4月
前後綻放，如果地球暖化更趨嚴重，居然在一月或二月綻放，就
不符合入學季節給人的印象。也就是說，地球暖化並非別人家的
事與我無關。

【練習】解答

1：できましたか　→　できたか

2：お釣りだ　→　お釣りです／お釣りでございます
　　　っ　　　　　　っ　　　　　　っ

3：①よると　　　②早いそうだ　　　③いるようだが
　　　　　　　　　　　はや

　　④いる　　　　⑤花だが　　　　　⑥進むと
　　　　　　　　　　はな　　　　　　　　すす

　　⑦しまう　　　⑧ないのだ

第**6**課

鄭重語（2）

文體的種類

敬語的學習，到這一課剛好達到一半，進入第6課。延續上一課，這次要學「鄭重語」的後半部分。

上一課從針對談話對方的「對者敬語」這方面加以解說，這一課則要從「文體」和「句型」的角度進行探討。首先，所謂「文體」就是文章的體裁。以 ①「常體」（普通体） ②「鄭重體」（丁寧体） ③「論文體」（論文体） 這三種為代表。

① 常體是不大會意識到讀者或聽者比較生硬的文體，例如日記。
② 鄭重體是偏向口語比較柔和的文體，常見於會話句。
③ 論文體是給人印象非常生硬的文體，出現在論文之類。

請比較下面三句。

① **常體**　：今日は日曜日だ。
　　　　　　　寒いがとてもいい天気だ。これから出かける。

② **鄭重體**：今日は日曜日です。
　　　　　　　寒いですがとてもいい天気です。これから出かけます。

③ **論文體**：今日は日曜日である。
　　　　　　　寒いがとてもいい天気である。これから出かける。

　〈今天是星期天。雖然冷，天氣卻非常好。我這就要出門。〉

不過這裡希望各位注意的是①常體。請看①´的句子。

①´今日は日曜日だね。寒いけど、とてもいい天気だわ。これから出かけるよ。

　〈今天是星期天對吧。雖然冷，天氣卻非常好呢。我這就要出門啦。〉

　　這是在①常體的句子後面添加「ね、わ、よ……」之類的助詞而成的句子。改成這樣之後，整個句子的氣氛變得截然不同。這是會話中親近的朋友之間所用口語色彩極濃的文體。這一點務必注意。

以上的說明各位有何感想？我們在溝通的時候都會類似這樣分別使用不同的文體。請看下面的句子。各位知道什麼地方奇怪嗎？這是初學者常見的誤用。由此可見統一文體非常重要。

【練習１】

日本は島国です。周囲を海に囲まれている。人口は一億二千万
にほん　しまぐに　　　　しゅう い　うみ　かこ　　　　　じんこう　いちおく に せんまん
人ぐらいです。
にん

〈日本是島國。四周環海。人口約一億二千万人〉

---

① （＿＿＿＿＿＿＿＿＿＿）

	①常體	②鄭重體	③論文體
動詞	行<ruby>行<rt>い</rt></ruby>く 行<ruby>行<rt>い</rt></ruby>かない 行<ruby>行<rt>い</rt></ruby>った 行<ruby>行<rt>い</rt></ruby>かなかった	行<ruby>行<rt>い</rt></ruby>きます 行<ruby>行<rt>い</rt></ruby>きません 行<ruby>行<rt>い</rt></ruby>きました 行<ruby>行<rt>い</rt></ruby>きませんでした	行<ruby>行<rt>い</rt></ruby>く 行<ruby>行<rt>い</rt></ruby>かない 行<ruby>行<rt>い</rt></ruby>った 行<ruby>行<rt>い</rt></ruby>かなかった
形容詞 （＝い形容詞）	たかい たかくない たかかった たかくなかった	たかいです たかくないです たかかったです たかくなかったです	たかい たかくない たかかった たかくなかった
形容動詞 （＝な形容詞）	有名だ 有名じゃない 有名だった 有名じゃなかった	有名です 有名じゃありません 有名でした 有名じゃありませんでした	有名である 有名ではない 有名だった 有名ではなかった
名詞	雨だ 雨じゃない 雨だった 雨じゃなかった	雨です 雨じゃありません 雨でした 雨じゃありませんでした	雨である 雨ではない 雨だった 雨ではなかった

文體和句型的關係

接下來讓我們看「文體」和「句型」之間的關係。由於和我們的主題「敬語」也密切相關，請各位牢記。

各位上初級班時應該學過下面這樣的句型吧。

---

④ 私は日本語はとてもおもしろいと思います。　　　（○）
　わたし　にほんご　　　　　　　　　　　　　おも

④′私は日本語はとてもおもしろいですと思います。（×）
　わたし　にほんご　　　　　　　　　　　　　　おも

　〈我覺得日語很有趣。〉

為什麼「おもしろいです＋と思います」是誤用呢？大概很少日本人答得上來吧。這姑且不談，總之日語語法有下面這樣的規律：

常體＋と思います　　（○）　　　　鄭重體＋と思います　　（×）

「文體」原本是以更大的句子集合體（＝文章）為單位來考量的，和這樣的文體無關，「と思います」的前面一定要用「常體」。這是屬於「句型」的層次。除此之外，各位應該還學過許多其他「句型」。各位知道什麼樣的句型呢？比方像下面的例句怎麼樣？劃線的詞語前面應該接什麼詞語？請從下框內選出適當的詞語，並改為正確詞形填入（　　）內。

【練習 2】

土曜日 ・ 整理します ・ なくします ・ あります ・ 参ります
どようび　　せいり　　　　　　　　　　　　　　　　　　　　　　まい

レポート ・ 買います ・ 帰ります ・ あります ・ 弾きます
　　　　　　　か　　　　　　　かえ　　　　　　　　　　　　　　ひ

① 私はピアノを（　　　　　　）ことができます。
　わたし

〈我會彈鋼琴。〉

② 先生の話だと、来週のテストは（　　　　　　）ってよ。
　せんせい　はなし　　らいしゅう

〈老師說下週的測驗是交報告啦。〉

③ 留学生で（　　　　　　）以上は、アルバイトのやりすぎはよくな
　りゅうがくせい　　　　　　　いじょう

いと思う。
　　おも

〈既然是留學生，我覺得打工不宜過度。〉

④ このファイルは資料を（　　　　　　）のに使います。
　　　　　　　　しりょう　　　　　　　　　つか

〈這個檔案夾用來整理資料。〉

⑤ 課長がすぐに（　　　　　　）ので、こちらにお掛けになっていて
　かちょう　　　　　　　　　　　　　　　　　　　か

ください。

〈課長馬上就來，請您在這裡稍坐。〉

⑥ 万一パスポートを（　　　　　　）ばあいは、どうしたらいいです
　まんいち

か。

〈萬一護照掉了該怎麼辦？〉

⑦ 半年も前に（　　　　　）のに、一度も使わないなんて、もったいないよ。

〈早在半年前就買了，卻一次還沒用過，太可惜了。〉

⑧ 国の代表で（　　　　　）からには、それなりの言動をしなければならない。

〈既然是代表國家，言行就必須恰如其分。〉

⑨ 明日は（　　　　）が、先生は研究室にいらっしゃいますか。

〈明天是星期六，老師會來研究室嗎？〉

⑩ お正月に国へ（　　　　　）なら、早めにチケットを予約しておいたほうがいいよ。

〈新年要返鄉的話，最好早點訂票。〉

【練習】解答

練習1　①囲まれている　→　囲まれています

練習2　①弾く　　　②レポートだ　　③ある　　④整理する
　　　　⑤参ります　　⑥なくした　　⑦買った　　⑧ある
　　　　⑨土曜日です　⑩帰る

68

第7課

美化語

美化語的特徵

這一課要學習「美化語」。截至目前為止，我們所學的主要是顧慮到「話題中人物」或「談話對方」的敬語。而「美化語」基本上是不需要有這種顧慮的敬語，因此有人稱之為「準敬語」。所謂「準敬語」，就像女人化妝一樣，不妨視為話語的化妝。有的人喜歡化妝，有的人則偏好不施脂粉。接下來我們就具體觀察一下「美化語」吧。

---

① 社長は毎晩、何時にお風呂に入られますか。
　　しゃちょう　まいばん　なんじ　　　ふろ　　はい

　〈董事長每天晚上幾點入浴？〉

② 太郎、早くお風呂に入りなさい。
　　たろう　はや　　ふろ　　はい

　〈太郎，快去洗澡！〉

③ うちの愛犬のクロはお風呂に入るのがきらいだ。
　　　　あいけん　　　　　　ふろ　　はい

　〈我們家愛犬小黑討厭洗澡。〉

請看①②③句。雖然動作主體分別是「社長」「太郎」「クロ」，卻一律用「お風呂」這個字眼。「お＋名詞」是美化語。像這樣能隨意自由使用，這就是「美化語」的特徵。

「美化語」基本上是「お+名詞」，但能否接「お」有一些附帶條件，例如：

①外來語較難接「お」

②和日常生活密切相關的名詞較容易接「お」

③漢語名詞較難接「お」等等

不過例外相當多，必須注意。而且能接「お」的名詞幾乎都是單純的物質名詞。另一個特徵是：會因個人習慣或男女性別差異而出現用法上的不同。請各位觀察下面的例詞，掌握「美化語」和「尊敬語」乃至於「謙讓語」的區別。

〈美化語〉單純的物質名詞

お尻〈屁股〉・お墓〈墳墓〉・お米〈米〉・お皿〈盤子〉・お
鍋〈鍋子〉・お店〈店〉・お餅〈年糕〉・お芝居〈戲〉・お人
形〈人偶〉・お漬物〈泡菜〉・お酒〈酒〉・お酢〈醋〉・お
野菜〈蔬菜〉・お肉〈肉〉・お弁当〈便當〉・お役人〈當官的〉・お天気〈天氣〉・お茶碗〈杯碗〉・お味噌〈味噌〉

〈尊敬語〉表對方的動作、狀態或所有物

お上手〈高明〉・お暇〈空閒〉・お泊り〈住宿〉・お叱り〈斥
責〉・お引っ越し〈搬家〉・ご意見〈意見〉・ご入学〈入
學〉・ご着席〈就座〉・ご令嬢〈您千金〉・ご趣味〈嗜好〉

〈謙讓語〉非常少

お邪魔〈打擾〉・お相伴〈奉陪〉・ご案内〈帶領〉（偶而也
當尊敬語用）

〈尊敬語・謙讓語兩用〉表雙方的動作

お約束〈約定〉・お電話〈電話〉・お手紙〈信〉・ご注意
〈注意〉・ご連絡〈聯絡〉・ご報告〈報告〉・ご用意〈準
備〉・ご紹介〈介紹〉・ご説明〈說明〉

　　再者，「お+名詞」的意思已經固定下來成為一個單字或「お+漢
語名詞」的例子也不少。

〈意思已經固定，不屬於美化語的語詞〉

お手上げ〈束手無策〉・お仕置き〈處罰〉・おかわり〈再添一
碗〉・おまわりさん〈警察〉・お辞儀〈行禮〉・お帰りなさい
〈你回來了〉・お中元〈中元送禮〉・おひたし〈燙青菜〉・

お利口さん〈聰明的孩子〉・お腹〈肚子〉・お化け〈妖怪〉・
お多福〈醜八怪〉・お世辞〈奉承〉・お手並み〈手腕〉・お参
り〈參拜〉

〈お＋漢語名詞〉

お財布〈錢包〉・お煎餅〈煎餅〉・お弁当〈便當〉・お豆腐
〈豆腐〉・お掃除〈打掃〉・お裁縫〈縫紉〉・お習字〈習
字〉・お作法〈規矩〉・お砂糖〈砂糖〉・お化粧〈化妝〉・
お勘定〈結帳〉・お行儀〈禮貌〉

【練習１】下面的語詞中前面不能接「お」的有哪幾個？

①ふとん　②時計　③箸　④ねぎ　⑤にんじん
　　　　とけい　　はし

⑥味噌　⑦くるま　⑧包丁　⑨豆　⑩二階
　みそ　　　　　ほうちょう　まめ　　にかい

⑪庭　⑫ビール　⑬酒　⑭西瓜　⑮トイレ
　にわ　　　　　さけ　　すいか

⑯机　⑰ケーキ　⑱洗濯　⑲ナス　⑳会社
　つくえ　　　　せんたく　　　　　かいしゃ

正式語

　　接下來要學的是類似美化語，同樣被視為準敬語的「正式語」。所謂「正式語」指的是大多用於會議、演講、致詞、論文之類正式慎重場合的語詞，而非用於談話對方是家人或朋友之類的一般場合。請比較下面兩句：

---

④ 今日、午前十時から〇〇美術館で、古代エジプト展が開かれます。
　（今天上午十點開始，〇〇美術館將舉辦古埃及展覽。）

⑤ 本日、午前十時より〇〇美術館にて、古代エジプト展が開催されます。
　（今天上午十點開始，〇〇美術館將舉辦古埃及展覽。）

　　比較一下④句和⑤句就知道它們雖然表示相同的意思，語氣卻有極大的不同。

下面表格介紹「正式語」最具代表性的一些例子。

	普通語	正式語
名詞	今日、明日、昨日、去年、 夕べ、ただ、休み、本、 食べ物	本日、明日・明日、昨日、昨年、 昨晩、無料、欠席・休息、 書籍・書物、食物
副詞	時、今、さっき、よく、 すこし・ちょっと、もうすぐ、 ほんとうに、とても、 そんなに〜ない、絶対に〜ない	際・折、ただ今、さきほど、 たびたび、わずか・少々、 まもなく、まことに、はなはだ、 さほど〜ない、決して〜ない
動詞	買う、売る、書く、着く、 始まる、終わる、乗る、 降りる、家へ帰る	購入する、販売する、記載する、 到着する、開始する、終了する、 乗車する、下車する、帰宅する
其他	〜から、〜で、 〜を、じゃ〜	〜より、〜にて、 〜をば、では〜

【練習 2 】 請參考例句所示，在空欄內填入適當的句子。答案未必

只有一種。

例　（普通句）⇒いつもいただいて（ばかりで）、すみません。

〈老是收您的禮物眞不好意思。〉

↑

（敬語句）⇒たびたび頂戴して、恐縮です。
　　　　　　　　ちょうだい　　　　きょうしゅく

〈經常收您的禮物眞是惶恐。〉

①　（普通句）⇒＿＿＿＿＿＿＿＿＿＿＿＿＿＿＿＿＿

↑

（敬語句）⇒ただ今より2009年度の定例会議を開催いたしま
　　　　　　　　いま　　　　　　　ねんど　　　ていれいかいぎ　　　かいさい
　　　　　　す。

〈現在開始舉行2009年度例行會議。〉

②　（普通句）⇒＿＿＿＿＿＿＿＿＿＿＿＿＿＿＿＿＿

↑

（敬語句）⇒さきほど私が冒頭で申し上げた件、皆様ご理解
　　　　　　　　わたくし　ぼうとう　もう　あ　　けん　みなさま　　りかい
　　　　　　いただけましたでしょうか。

〈剛才本人開頭所說的，各位是否已經了解？〉

75

③ （普通句）⇒去年の調査によると、この地域にはまだ希少
　　　　　　　動物がたくさん生きていることがわかりまし
　　　　　　　た。

　　　　　〈根據去年的調查，這個地區還有很多稀有動物棲息。〉

↓

（敬語句）⇒＿＿＿＿＿＿＿＿＿＿＿＿＿＿＿＿＿＿＿＿＿

④ （普通句）⇒＿＿＿＿＿＿＿＿＿＿＿＿＿＿＿＿＿＿＿＿＿

↑

（敬語句）⇒本日はご多忙中、遠路はるばるお越しいただき、
　　　　　　誠に感謝に堪えません。

　　　　　〈今天承蒙在百忙中遠道前來，不勝感謝。〉

【練習】解答

練習1　②、⑤、⑧、⑭、⑯、⑰、⑳

練習2　①今から2009年度の定例会議を始めます。

　　　　②さっき私が最初に言ったこと、皆さんわかりましたか。

　　　　③昨年の調査によりますと、この地域には依然希少動物が数多
　　　　　く生息していることがわかりました。

　　　　④今日は忙しいのに、わざわざ遠い所から来てくれて、ほんと
　　　　　うに感謝しています。

第 **8** 課

和敬語功能相同的句型（1）

「顧慮」的表達方式

　　大家好！截至目前為止我們已經學過日語的「敬語」共7課。這一課起，我們主要的學習內容是利用「句型」來發揮和敬語相同功能的一些表達方式。針對「顧慮」到對方，以鄭重語氣說話這一點來說，它的功能和「敬語」類似。比如說，當各位迷路向附近的人問路時，肯定不會說：「郵便局はどこだ？　教えろ。」〈郵局在哪兒？快告訴我！〉對不對？要用比較鄭重的語氣說：「すみませんが、郵便局はどこか、教えてくださいませんか？」〈麻煩一下，您可不可以告訴我郵局在什麼地方？〉，這樣對方一定很樂意告訴你。所謂「顧慮」其實就是對對方的一種「體貼」。我想各位可能已經學過，就讓我們當做複習來練習一下吧。

首先是向對方**請託**乃至於**徵求許可**或**命令**的說法。包括下面4種形式，在使用上各有其不同的鄭重度。

命令形 ⇒	て形 ⇒	ます形＋なさい ⇒	て形＋ください
〔直接命令〕	〔請求〕	〔指示〕	〔鄭重請求〕

【練習１】 請參考例句，在劃線部分填入正確答案。

㉕ すぐ行きます。〈馬上去。〉
い

⇒ すぐ行け。〈馬上去！〉
　　い

⇒ すぐ行って。〈馬上去吧！〉
　　い

⇒ すぐ行きなさい。〈你馬上去吧！〉
　　い

⇒ すぐ行ってください。〈請馬上去吧！〉
　　い

① 早く帰ります。〈趕快回去。〉
　はや　かえ

⇒ ＿＿＿＿＿ⓐ＿＿＿＿＿〈快回去！〉

⇒ 早く帰って。〈快回去吧！〉
　はや　かえ

⇒ ＿＿＿＿＿ⓑ＿＿＿＿＿〈你快回去吧！〉

⇒ 早く帰ってください。〈請快回去吧！〉
　はや　かえ

② ゆっくり歩きます。〈慢慢走。〉
ある

（MP3 27）　⇒ ＿＿＿＿＿ⓒ＿＿＿＿＿　〈慢慢走！〉

⇒ ゆっくり歩いて。〈慢慢走吧！〉
ある

⇒ ゆっくり歩きなさい。〈你慢慢走吧！〉
ある

⇒ ＿＿＿＿＿ⓓ＿＿＿＿＿　〈請慢慢走吧！〉

③ ちゃんとチェックします。〈好好檢查。〉

（MP3 28）　⇒ ＿＿＿＿＿ⓔ＿＿＿＿＿　〈好好檢查！〉

⇒ ちゃんとチェックして。〈好好檢查吧！〉

⇒ ＿＿＿＿＿ⓕ＿＿＿＿＿　〈你好好檢查吧！〉

⇒ ちゃんとチェックしてください。〈請好好檢查吧！〉

④ ちゃんと手を洗います。〈好好洗手。〉
て　　あら

（MP3 29）　⇒ ＿＿＿＿＿ⓖ＿＿＿＿＿　〈好好洗手！〉

⇒ ＿＿＿＿＿ⓗ＿＿＿＿＿　〈好好洗手吧！〉

⇒ ＿＿＿＿＿ⓘ＿＿＿＿＿　〈你好好洗手吧！〉

⇒ ＿＿＿＿＿ⓙ＿＿＿＿＿　〈請好好洗手吧！〉

⑤ 強く押します。〈用力按。〉
つよ お

MP3 30 ⇒ ＿＿＿＿＿＿ⓚ＿＿＿＿＿＿ 〈用力按！〉

⇒ ＿＿＿＿＿＿ⓛ＿＿＿＿＿＿ 〈用力按吧！〉

⇒ ＿＿＿＿＿＿ⓜ＿＿＿＿＿＿ 〈你用力按吧！〉

⇒ ＿＿＿＿＿＿ⓝ＿＿＿＿＿＿ 〈請用力按吧！〉

下面要練習的是：

て形　⇒　お＋ます形＋ください
　　　　　　〔特別鄭重的請求〕

【練習２】

㋑ 山田君、悪いけど、こっちに入って。
やまだくん わる はい

　〈山田兄，麻煩進來這裡！〉

⇒ <u>山田先生、申し訳ないんですが、こちらにお入りください。</u>
　やまだせんせい もう わけ はい

　〈山田老師，對不起，請您進來這裏吧。〉

① 山田君、悪いけど、これを調べて。
やまだくん わる しら

　〈山田兄，麻煩查一下這個！〉

⇒ ＿＿＿＿＿＿＿＿＿＿＿＿＿＿＿＿＿＿

〈山田老師，對不起，請您查一下這個吧。〉

② 山田君、悪いけど、すぐこっちに戻って。
やまだくん　わる　　　　　　　　　　もど

　〈山田兄，麻煩立刻回來這邊！〉

　⇒ _____

　〈山田老師，對不起，請您立刻回來這邊吧。〉

③ 山田君、悪いけど、ここで待って。
やまだくん　わる　　　　　　　ま

　〈山田兄，麻煩在這裡等一下！〉

　⇒ _____

　〈山田老師，對不起，請您在這裡等一下吧。〉

④ 山田君、悪いけど、ここに座って。
やまだくん　わる　　　　　　　すわ

　〈山田兄，麻煩坐這兒！〉

　⇒ _____

　〈山田老師，對不起，請您坐這兒吧。〉

⑤ 山田君、悪いけど、よく確かめて。
やまだくん　わる　　　　　　たし

　〈山田兄，麻煩仔細確認一下！〉

　⇒ _____

　〈山田老師，對不起，請您仔細確認一下吧。〉

接下來是**普通形以及使用敬語徵求許可的表達方式**。二者都必須將句尾音調抬高。「普通形」的用法必須注意的是：「普通形」的後面如果加上「ね、よ、わ、さ……」之類的助詞或抬高語尾音調用於疑問句時，就變成朋友之間的口頭語說法，但如果單獨使用「普通形」，文章就會變得非常生硬，必須特別注意。

我們在第6課已經稍加介紹，請再度確認一下。請看下面的句子。

---

① 今日は日曜日だ。寒いがとてもいい天気だ。これから出かける。

〈今天是星期日。雖然冷，天氣卻非常好。我現在要出門。〉

② 今日は日曜日だね。寒いけどとてもいい天気だよ。これから出かけるね。

〈今天是星期天吧。雖然冷，天氣卻非常好呢。我現在要出門囉。〉

---

①句大多用於日記或論文之類，②句則用於家人或朋友之間。因此，各位碰到句尾出現「普通形」時必須特別注意。

> **普通形？**　⇒ お＋ます形＋してもよろしいでしょうか。

【練習３】

例　これ、付けてもいい？〈這個，可以加上去嗎？〉

　　⇒ <u>こちら、お付けしてもよろしいでしょうか。</u>

① ここで待ってもいい？〈在這裡等可以嗎？〉

　　⇒ _____

② そっちに行ってもいい？〈我以去你那邊嗎？〉

　　⇒ _____

③ 先に帰ってもいい？〈我可以先回去嗎？〉

　　⇒ _____

④ ちょっと聞いてもいい？〈我可以問一下嗎？〉

　　⇒ _____

⑤ ちょっと話してもいい？〈我可以說一下嗎？〉

⇒ _____

最後是複句練習。這是非常鄭重的徵求許可說法。

て形＋もいい？　⇒ 使役動詞・て形＋いただけませんか。

【練習４】 （MP3 33）

㋑ 風邪をひきました・明日休んでもいい？

〈感冒了、明天可以請假嗎？〉

⇒ 風邪をひいたので、明日休ませていただけませんか。

① とてもきれいな景色です・ここで写真を撮ってもいい？

〈風景非常美、可以在這裡照相嗎？〉

⇒ _____

② 母の看病に行きたいです・午後から帰ってもいい？

〈想去照顧生病的母親、下午可以回去嗎？〉

⇒ _____

③　まだ時間があります・ここで待ってもいい？

〈還有時間、可以在這裡等嗎？〉

⇒ _____

④　難しい問題です・もう少し考えてもいい？

〈題目很難、可以再多想一下嗎？〉

⇒ _____

⑤　みんなが揃いました・ちょっと仕事の話をしてもいい？

〈大家都到齊了、可以談一下工作方面的事嗎？〉

⇒ _____

【練習】解答

練習1　ⓐ早く帰れ　　　　　　ⓑ早く帰りなさい

　　　　ⓒゆっくり歩け　　　　ⓓゆっくり歩いてください

　　　　ⓔちゃんとチェックしろ　ⓕちゃんとチェックしなさい

　　　　ⓖちゃんと手を洗え　　　ⓗちゃんと手を洗って

　　　　ⓘちゃんと手を洗いなさい　ⓙちゃんと手を洗ってください

ⓚ強く押せ　　　　　　　ⓛ強く押して

ⓜ強く押しなさい　　　　ⓝ強く押してください

練習2　①山田先生、申し訳ないんですが、こちらをお調べください。

②山田先生、申し訳ないんですが、すぐこちらにお戻りください。

③山田先生、申し訳ないんですが、こちらでお待ちください。

④山田先生、申し訳ないんですが、こちらにお座りください／お掛けください

⑤山田先生、申し訳ないんですが、よくお確かめください。

練習3　①こちらでお待ちしてもよろしいでしょうか。

②そちらに伺ってもよろしいでしょうか。

③お先に失礼してもよろしいでしょうか。

④ちょっとお伺いしてもよろしいでしょうか。

⑤ちょっとお話ししてもよろしいでしょうか。

練習4　①とてもきれいな景色なので、こちらで写真を撮らせていただけませんか。

②母の看病に行きたいので、午後から帰らせていただけませんか。

③まだ時間があるので、こちらで待たせていただけませんか。

④難しい問題なので、もう少し考えさせていただけませんか。

⑤みんなが揃ったので、ちょっと仕事の話をさせていただけませんか。

第9課

使用禁止形之類的請託說法

　　大家好！這一課要學的主要是使用禁止形之類的請託說法，包括運用各種句型的表達方式。另外，在單字的用法方面也有將「ごはんを食べる」說成「食事」或將「会社へ行く」說成「出勤」之類的表達方式。在第7課我們已經學過一些，它們雖然不是敬語，但在日語中使用頻率相當高，就一併來學習吧。

禁止形的表達方式 (1)

> 禁止形
>
> ⇒ て形＋はいけません
>
> ⇒ ない形＋ないででください
>
> ⇒ ない形＋ないでいただけませんか

【練習 1】請參考例句，在劃線部分填入正確答案。

（例）　禁煙〈禁止吸菸〉
きんえん

⇒ タバコを吸うな。〈請勿吸菸。〉
　　　　　す

⇒ タバコを吸ってはいけません。〈不可以吸菸。〉
　　　　　す

⇒ タバコを吸わないでください。〈請不要吸菸。〉
　　　　　す

⇒ タバコを吸わないでいただけませんか。
　　　　　す

〈可以請您不要吸菸嗎？〉

① 駐車禁止〈禁止停車〉
ちゅうしゃきんし

⇒ ここに車を止めるな。〈請勿在此停車。〉
　　　　くるま　と

⇒ ここに車を止めてはいけません。〈不可以在這裡停車。〉
　　　　くるま　と

⇒ ＿＿＿＿＿＿＿＿＿＿＿＿＿＿＿＿＿＿

〈請不要在這裡停車。〉

⇒ ここに車を止めないでいただけませんか。
　　　　くるま　と

〈可以請您不要在這裡停車嗎？〉

② 右折禁止〈禁止右轉〉
うせつきんし

⇒ ＿＿＿＿＿＿＿＿＿＿＿＿＿＿＿＿＿＿

〈請勿右轉。〉

⇒ ＿＿＿＿＿＿＿＿＿＿＿＿＿＿＿＿＿

〈不可以右轉。〉

⇒ 右に曲がらないでください。〈請不要右轉。〉
みぎ　ま

⇒ 右に曲がらないでいただけませんか。
みぎ　ま

〈可以請您不要右轉嗎？〉

③ 立入禁止〈禁止進入〉
たちいりきんし

⇒ ＿＿＿＿＿＿＿＿＿＿＿＿＿＿＿＿＿＿＿

〈請勿進入。〉

⇒ 中に入ってはいけません。〈不可以進入。〉
なか　はい

⇒ ＿＿＿＿＿＿＿＿＿＿＿＿＿＿＿＿＿＿＿

〈請不要進入。〉

⇒ 中に入らないでいただけませんか。
なか　はい

〈可以請您不要進入嗎？〉

④ 横断禁止〈禁止穿越〉
おうだんきんし

⇒ 道を渡るな。〈請勿穿越馬路。〉
みち　わた

⇒ ＿＿＿＿＿＿＿＿＿＿＿＿＿＿＿＿＿＿＿

〈不可以穿越馬路。〉

⇒ ＿＿＿＿＿＿＿＿＿＿＿＿＿＿＿＿＿＿＿

〈請不要穿越馬路。〉

⇒ 道を渡らないでいただけませんか。
　　みち　わた

〈可以請您不要穿越馬路嗎？〉

⑤　土足厳禁〈嚴禁穿鞋入內〉
　　ど そくげんきん

⇒ 靴を履いたまま入るな。〈請勿穿鞋入內。〉
　　くつ　は　　　　　はい

⇒ ＿＿＿＿＿＿＿＿＿＿＿＿＿＿＿＿＿＿＿＿

〈不可以穿鞋入內。〉

⇒ 靴を履いたまま入らないでください。
　　くつ　は　　　　　はい

〈請不要穿鞋入內。〉

⇒ ＿＿＿＿＿＿＿＿＿＿＿＿＿＿＿＿＿＿

〈可以請您不要穿鞋入內嗎？〉

禁止形的表達方式 (2)

禁止形

⇒ お＋ます形＋に＋ならないでください。

【練習 2 】

㋕ 山田、勝手に使うなよ。〈山田，你可別隨便使用！〉
やまだ　かって　つか

⇒ お客さん、勝手にお使いにならないでください。
きゃく　　かって　　つか

〈這位客人，請你不要隨便使用！〉

① 山田、勝手に開けるなよ。〈山田，你可別隨便打開！〉
やまだ　かって　あ

⇒ _____

〈這位客人，請你不要隨便打開！〉

② 山田、勝手に写真を撮るなよ。〈山田，你可別隨便拍照！〉
やまだ　かって　しゃしん　と

⇒ _____

〈這位客人，請你不要隨便拍照！〉

③ 山田、勝手に入るなよ。〈山田，你可別隨便進去！〉
やまだ　かって　はい

⇒ _____

〈這位客人，請你不要隨便進去！〉

④ 山田、勝手に読むなよ。〈山田，你可別隨便閱讀！〉
やまだ　かって　よ

⇒ _____

〈這位客人，請你不要隨便閱讀！〉

91

⑤ 山田、勝手に席を立つなよ。〈山田，你可別隨便離座！〉
　　やまだ　　かって　　せき　た

　　⇒ ＿＿＿＿＿＿＿＿＿＿＿＿＿＿＿＿＿＿＿＿＿＿

　　〈這位客人，請你不要隨便離座！〉

禁止形的表達方式(3)

禁止形

⇒ お＋ます形＋に＋ならないほうがよろしいです。

【練習3】

㊟ 古いです　＋　食べません
　　ふる　　　　　　た

　　⇒ 古いから、食べるなよ。〈不新鮮，你可別吃！〉
　　　　ふる　　　　　た

　　⇒ 古いですから、お食べにならないほうがよろしいですよ。
　　　　ふる　　　　　　　　た

　　〈不新鮮，所以你最好別吃！〉

① 誰も知りません　＋　話しません
　　だれ　し　　　　　　　はな

　　⇒ ＿＿＿＿＿＿＿＿＿＿＿＿＿＿＿＿＿＿＿＿

　　〈誰都不知道，你可別說！〉

⇒ ＿＿＿＿＿＿＿＿＿＿＿＿＿＿＿＿＿＿＿＿＿＿＿

〈誰都不知道，所以你最好別說！〉

② 会議中です　＋　寝ません
　　かい ぎ ちゅう　　　　ね

⇒ ＿＿＿＿＿＿＿＿＿＿＿＿＿＿＿＿＿

〈正在開會，你可別睡！〉

⇒ ＿＿＿＿＿＿＿＿＿＿＿＿＿＿＿＿＿＿＿＿

〈正在開會，所以你最好別睡！〉

③ 危ないです　＋　入りません
　　あぶ　　　　　　　はい

⇒ ＿＿＿＿＿＿＿＿＿＿＿＿＿＿＿＿＿

〈很危險，你可別進去！〉

⇒ ＿＿＿＿＿＿＿＿＿＿＿＿＿＿＿＿＿＿＿＿

〈很危險，所以你最好別進去！〉

④ 正式なパーティーです　＋　派手な服は着ません
　　せいしき　　　　　　　　　　　は で ふく き

⇒ ＿＿＿＿＿＿＿＿＿＿＿＿＿＿＿＿＿

〈是正式的酒會，你可別穿花俏的服裝！〉

⇒ ＿＿＿＿＿＿＿＿＿＿＿＿＿＿＿＿＿＿＿＿

〈是正式的酒會，所以你最好別穿花俏的服裝！〉

⑤ 信用できません　+　付き合いません
　しんよう　　　　　　　　　つ　あ

　⇒ _____

　　〈他不能信任，你可別和他交往！〉

　⇒ _____

　　〈他不能信任，所以你最好別和他交往！〉

禁止形的表達方式（4）

～ません　⇒　て形＋はだめだよ　⇒　尊敬語的否定形

【練習４】　

㋕ あそこへ行きません〈不去那裡〉
　　　　　い

　⇒ あそこ、行っちゃだめだよ。〈你可不能去那裡！〉
　　　　　　　い

　⇒ あちらへいらっしゃらないでください。

　　〈請你不要去那裡！〉

① これを食べません〈不吃這個〉
　　　　　　た

⇒ _____

　　〈你可不能吃這個！〉

⇒ _____

　　〈請你不要吃這個！〉

② それを見ません〈不看那個〉
　　み

⇒ _____

　　〈你可不能看那個！〉

⇒ _____

　　〈請你不要看那個！〉

③ ここにいません〈不在這裡〉

⇒ _____

　　〈你可不能在這裡！〉

⇒ _____

　　〈請你不要在這裡！〉

④ これはしません〈不做這種事〉

⇒ _____

　　〈你可不能做這種事！〉

⇒ ＿＿＿＿＿＿＿＿＿＿＿＿＿＿＿＿＿＿＿＿

〈請你不要做這種事！〉

⑤ 風邪をひきません〈不會感冒〉
かぜ

⇒ ＿＿＿＿＿＿＿＿＿＿＿＿＿＿＿＿＿＿＿＿

〈你可不能感冒！〉

⇒ ＿＿＿＿＿＿＿＿＿＿＿＿＿＿＿＿＿＿＿＿

〈請你不要感冒！〉

禁止形的表達方式(5)

【練習５】

㉕ ここは公共の場所です　＋　タバコは吸わないでください。
こうきょう　ばしょ　　　　　　　　　　　す

⇒ ここは公共の場所ですから、喫煙はご遠慮ください。
こうきょう　ばしょ　　　　　　きつえん　えんりょ

〈這裡是公共場所，所以請不要吸菸！〉

① バス停の前です　＋　車は止めないでください。
てい　まえ　　　　　くるま　と

⇒ ＿＿＿＿＿＿＿＿＿＿＿＿＿＿＿＿＿＿＿＿

〈這裡是公車站牌前面，所以請不要停車！〉

② テスト中です　＋　部屋には入らないでください。
　　ちゅう　　　　　　　へ　や　　はい

　⇒ _____

　　〈正在考試，所以請不要進入室內！〉

③ 会議中です　＋　物は食べないでください。
　　かい　ぎ　ちゅう　　　　もの　た

　⇒ _____

　　〈正在開會，所以請不要吃東西！〉

④ 危険です　＋　夜一人で外へは出ないでください。
　　き　けん　　　　　よるひとり　　そと　　　　で

　⇒ _____

　　〈很危險，所以請不要晚上一個人外出！〉

⑤ 大会の規定です　＋　写真は撮らないでください。
　　たいかい　き　てい　　　　　しゃしん　と

　⇒ _____

　　〈是大會的規定，所以請不要拍照！〉

⑥ マークシート方式です　＋　ボールペンは使わないでくださ
　　　　　　　　ほうしき　　　　　　　　　　　　　つか
い。

　⇒ _____

　　〈這是卡片標記方式，所以請不要用原子筆！〉

⑦ 店内で販売しています　＋　アルコール類は持って入らない
てんない　はんばい　　　　　　　　　　　　るい　も　　　はい
でください。

⇒ _____

〈在店內有販售，所以請不要攜帶酒類入內！〉

⑧ エレベーターが止まります　＋　8人以上は乗らないでくだ
と　　　　　　　　　にん　いじょう　　の
さい。

⇒ _____

〈電梯會停住，所以請不要搭乘超過八人！〉

【練習】解答

練習1　①ここに車を止めないでください

②右に曲がるな／右に曲がってはいけません

③中に入るな／中に入らないでください

④道を渡ってはいけません／道を渡らないでください

⑤靴を履いたまま入ってはいけません／

靴を履いたまま入らないでいただけませんか

練習2　①お客さん、勝手にお開けにならないでください

②お客さん、勝手に写真をお撮りにならないでください

③お客さん、勝手にお入りにならないでください

④お客さん、勝手にお読みにならないでください

⑤お客さん、勝手に席をお立ちにならないでください

練習3　①誰も知らないから、話すなよ／

誰も知らないですから、お話しにならないほうがよろしいですよ

②会議中だから、寝るなよ／

会議中ですから、お休みにならないほうがよろしいですよ

③危ないから、入るなよ／

危ないですから、お入りにならないほうがよろしいですよ

④正式なパーティーだから、派手な服は着るなよ／

正式なパーティーですから、派手な服はお召しにならないほう

がよろしいですよ

⑤信用できないから、付き合うなよ／

信用できませんから、お付き合いにならないほうがよろしいで
すよ

練習4　①これ、食べちゃだめだよ／

こちらを召し上がらないでください

②それ、見ちゃだめだよ／

そちらをご覧にならないでください

③ここ、いちゃだめだよ／

こちらにいらっしゃらないでください

④これ、しちゃだめだよ／

こちらはなさらないでください

⑤風邪、ひいちゃだめだよ／

風邪をお召しにならないでください

練習5　①バス停の前ですから、駐車はご遠慮ください

②テスト中ですから、入室はご遠慮ください

③会議中ですから、飲食はご遠慮ください

④危険ですから、夜一人での外出はご遠慮ください

⑤大会の規定ですから、写真撮影はご遠慮ください

⑥マークシート方式ですから、ボールペンの使用はご遠慮くださ
い

⑦店内で販売していますから、アルコール類の持ち込みはご遠慮
ください

⑧エレベーターが止まりますから、8人以上の搭乗はご遠慮くだ
さい

第**10**課

和敬語功能相同的句型（３）

　　上一課的標題雖然是「使用禁止形之類的請託說法」，其實內容是說明有關和敬語功能相同的句型，因此本課承接第八課和第九課，將標題定為「和敬語功能相同的句型（３）」。

　　這一課要介紹一下「タメ口」。日語的敬語是試圖盡可能和對方保持距離的心理在語言上的呈現。而所謂「タメ口」則與此相反，是指晚輩對長輩採取類似朋友的說話方式。例如學生對老師有時會有如下的說法。

学生：先生も明日の＊コンパに来ませんか？ねえ、来なよ！
がくせい　せんせい　あした　　　　　　　　き　　　　　　　　き

〈學生：老師要不要也來參加明天的聚餐？哎唷，來嘛！〉

＊コンパ：來自company的學生用語。指由學生分攤費用的聚餐

　　上面出現的「来なよ！」〈來嘛！〉這句話就是所謂的「タメ口」。前面已經說過，「タメ口」是身為晚輩的學生對屬於長輩的老

師採取有如朋友的說話方式。這是學生刻意要縮短自己和老師之間的距離，積極表示親近的心理在語言上的呈現。受到邀請的老師聽到學生用「来なよ！」這種不客氣的說法，也許內心反而很高興呢。在什麼情況下要使用敬語其實並不容易。

接下來讓我們繼續學習如何改變句型來向對方表示敬意。這一課是有關「道歉」和「拒絕」的用法。在日常會話中，有時常會省略助詞或刻意將句尾模糊化，避免採取明確斷定的語氣，這一點也要請各位多加注意。

普通形　⇒　鄭重形

【練習 1 】 請仿照下面的例子完成會話。

㈠　明日映画を見に行きます　⇒　用事があります
　　　あした えい が　 み　 い　　　　　　　　　 よう じ

　〈明天去看電影〉　　　　　　　〈有事〉

鈴木：山田君、明日映画見に行かない？
すず き　 やま だ くん　 あした えい が み　　　 い

　　　〈山田兄，明天要不要去看電影？〉

山田：ごめん、明日用事があってさ……。
やま だ　　　　　　　　　 あした よう じ

　　　〈對不起，我明天有事……。〉

鈴木：山田さん、明日映画を見に行きませんか？
すずき　やまだ　　　あしたえいが　み　い

〈山田先生，明天要不要去看電影？〉

山田：申し訳ございません。明日用事がありますので……。
やまだ　もう　わけ　　　　　　あしたようじ

〈抱歉，我明天有事所以……。〉

① 明日一緒に食事します　⇒　友人と約束しています
あしたいっしょ　しょくじ　　　　ゆうじん　やくそく

〈明天一起吃飯〉　　　　　〈和朋友有約〉

鈴木：山田君、明日一緒に食事しない？
すずき　やまだくん　あしたいっしょ　しょくじ

〈山田兄，明天要不要一起吃飯？〉

山田：ごめん、明日友人と約束しててさ……。
やまだ　　　　あしたゆうじん　やくそく

〈對不起，我明天和朋友有約……。〉

↓

鈴木：＿＿＿＿＿＿＿＿＿＿＿＿＿＿＿＿＿＿＿＿？
すずき

山田：＿＿＿＿＿＿＿＿＿＿＿＿＿＿＿＿＿＿＿＿。
やまだ

② CDを貸してくれます　⇒　今友だちに貸しています
か　　　　　　　いまとも　　か

〈借CD給我〉　　　　　〈已經借給我朋友了〉

鈴木：＿＿＿＿＿＿＿＿＿＿＿＿＿＿＿＿＿＿＿＿？
すずき

山田：＿＿＿＿＿＿＿＿＿＿＿＿＿＿＿＿＿＿＿＿。
やまだ

↓

鈴木：山田さん、CD貸してくれませんか？

〈山田先生，可以借我CD嗎？〉

山田：申し訳ございません。今友だちに貸していますので
……。

〈抱歉，因爲已經借給我朋友了所以……。〉

③ 電話を受けてくれます　⇒　今、手が離せません

 〈幫我接電話〉　　　　　〈現在騰不出手來〉

鈴木：山田君、電話受けてくれない？

〈山田兄，你可以幫我接電話嗎？〉

山田：ごめん、今、手が離せなくてさ……。

〈對不起，我現在騰不出手來……。〉

↓

鈴木：_____?

山田：_____。

④ 一緒に帰ります　⇒　まだ仕事が残っています

 〈一起回去〉　　　　　〈工作還沒做完〉

鈴木：＿＿＿＿＿＿＿＿＿＿＿＿＿＿＿＿＿＿＿＿＿？
すず き

山田：＿＿＿＿＿＿＿＿＿＿＿＿＿＿＿＿＿＿＿＿＿。
やま だ

↓

鈴木：山田さん、一緒に帰りませんか？
すず き　やま だ　　　　いっしょ　　かえ

〈山田先生，要不要一起回去？〉

山田：申し訳ございません。まだ仕事が残っていますので
やま だ　もう　わけ　　　　　　　　　　　　　　しごと　　のこ

……。

〈抱歉，我工作還沒做完所以……。〉

⑤　論文を見てくれます　⇒　時間がありません
　　ろんぶん　み　　　　　　　　じ かん

〈幫我看論文〉　　　　　〈沒時間〉

鈴木：＿＿＿＿＿＿＿＿＿＿＿＿＿＿＿＿＿＿＿＿＿？
すず き

山田：＿＿＿＿＿＿＿＿＿＿＿＿＿＿＿＿＿＿＿＿＿。
やま だ

↓

鈴木：＿＿＿＿＿＿＿＿＿＿＿＿＿＿＿＿＿＿＿＿＿？
すず き

山田：＿＿＿＿＿＿＿＿＿＿＿＿＿＿＿＿＿＿＿＿＿。
やま だ

て形＋ちゃって ⇒ 鄭重形＋もんで

【練習２】

㋑ この前は、ごめんなさいね。急に用事が入っちゃってさ
　　……。

　　〈上一次對不起啦。我突然有事……。〉

⇒ 先日は、たいへん失礼いたしました。急に用事が入りまし
　　たもんで……。

　　〈前幾天眞是抱歉。因爲突然有事……。〉

① この前は、ごめんなさいね。途中で忘れ物を思い出しちゃっ
　　てさ……。

　　〈上一次對不起啦。我半路上才想起東西忘了拿……。〉

　　⇒ ＿＿＿＿＿＿＿＿＿＿＿＿＿＿＿＿

② この前は、ごめんなさいね。あいにく小銭がなくなっちゃっ
　　てさ……。

　　〈上一次對不起啦。剛好沒零錢……。〉

　　⇒ ＿＿＿＿＿＿＿＿＿＿＿＿＿＿＿＿

③ この前は、ごめんなさいね。急に具合がわるくなっちゃって
さ……。

〈上一次對不起啦。突然身體不舒服……。〉

⇒ _____

④ この前は、ごめんなさいね。レポートが間に合わなくなっ
ちゃってさ……。

〈上一次對不起啦。來不及交報告……。〉

⇒ _____

⑤ この前は、ごめんなさいね。急に＊先方が来られなくなっ
ちゃってさ……。

〈上一次對不起啦。對方突然不能來……。〉

⇒ _____

＊先方：對方

107

> ます形＋っこない　⇒　基本形＋わけがありません

【練習３】

(例) こんな難しい問題、ぼくにでき＊っこないよ。
むずか　　　もんだい

　〈這麼難的問題，我是不可能會的。〉

　⇒ こんな難しい問題、ぼくにできるわけがありませんよ。
　　　むずか　　　もんだい

　　　〈這麼難的問題，我是不可能會的。〉

① こんなすごい論文、ぼくに書けっこないよ。
　　　　　　ろんぶん　　　　　か

　〈這麼棒的論文，我是不可能寫得出來的。〉

　⇒ こんなすごい論文、＿＿＿＿＿＿＿＿＿＿＿＿＿＿＿＿＿＿。
　　　　　　　　ろんぶん

② こんな雨だから、誰も来っこないよ。
　　　あめ　　　　だれ　き

　〈下這麼大的雨，是誰也不可能來的。〉

　⇒ こんな雨だから、＿＿＿＿＿＿＿＿＿＿＿＿＿＿＿＿＿＿＿。
　　　　あめ

③ こんな易しい問題、誰も間違えっこないよ。
　　　やさ　　もんだい　だれ　まちが

　〈這麼簡單的問題，誰都不會答錯的。〉

　⇒ こんな易しい問題、＿＿＿＿＿＿＿＿＿＿＿＿＿＿＿＿＿＿。
　　　やさ　　もんだい

④ こんな調子だと、大学に受かりっこないよ。

〈照這個樣子，是不可能考上大學的。〉

⇒ こんな調子だと＿＿＿＿＿＿＿＿＿＿＿＿＿＿＿＿＿。

⑤ まじめな彼、絶対休みっこないよ。

〈認眞的他，絕對不會請假不來的。〉

⇒ まじめな彼、＿＿＿＿＿＿＿＿＿＿＿＿＿＿＿＿＿。

＊っこ：表示狀態。「できっこ」＝「できる」的名詞化

【練習】解答

練習1　①鈴木：山田さん、明日一緒に食事しませんか？

　　　　　山田：申し訳ございません。明日友人と約束していますので
　　　　　　　　……。

　　　　②鈴木：山田君、ＣＤ貸してくれない？

　　　　　山田：ごめん、今友だちに貸しててさ……。

　　　　③鈴木：山田さん、電話受けてくれませんか？

　　　　　山田：申し訳ございません。今手が離せませんので……。

④鈴木：山田君、一緒に帰らない？

　山田：ごめん、まだ仕事が残っててさ……。

⑤鈴木：山田君、論文見てくれない？

　山田：ごめん、時間がなくてさ……。

↓

　鈴木：山田さん、論文を見てくれませんか？

　山田：申し訳ございません。時間がありませんので……。

練習2　①先日は、大変失礼いたしました。途中で忘れ物を思い出しましたもんで……。

②先日は、大変失礼いたしました。あいにく小銭がなくなりましたもんで……。

③先日は、大変失礼いたしました。急に具合が悪くなりましたもんで……。

④先日は、大変失礼いたしました。レポートが間に合わなくなりましたもんで……。

⑤先日は、大変失礼いたしました。急に先方が来られなくなりましたもんで……。

練習3　①ぼくに書けるわけがありませんよ。

②誰も来るわけがありませんよ。

③誰も間違えるわけがありませんよ。

④大学に受かるわけがありませんよ。

⑤絶対に休むわけがありませんよ。

第11課

經常用到敬語的場合—自我介紹

　　從這一課起將分成兩課介紹經常用到敬語的場合——「自我介紹」和「面試」。經常用到敬語的場合，大多是說話者和對方第一次見面，雙方關係不是那麼親近的情況，因此「自我介紹」和「面試」可說是足以影響自己人生的重要場合，希望各位能好好學習。

　　首先請看〈自我紹介1〉。這是剛開始學日語的初學者常見的自我介紹。

〈自己紹介 1〉　
じ　こ　しょうかい

　みなさん、こんにちは。私（わたし）の名前（なまえ）はジョン・スミスです。アメリカから来（き）ました。家族（かぞく）はお父（とう）さんとお母（かあ）さんと姉（あね）と弟（おとうと）です。アメリカのオハイオに住（す）んでいます。私（わたし）の趣味（しゅみ）は本（ほん）を読（よ）むことです。そして私（わたし）はスポーツが大好（だいす）きです。私（わたし）の日本語（にほんご）はまだまだです。どうぞよろしくお願（ねが）いします。

大家好！我名叫約翰・史密斯。來自美國。我的家人有父母和姊姊、弟弟。住在美國俄亥俄州。我的興趣是閱讀，而且非常喜歡運動。我的日語程度還很差。請多多指教。

接下來請看〈自我紹介2〉。和〈自我紹介1〉有什麼地方不同？用了許多敬語尤其是謙讓語對不對？

〈自己紹介2〉
じ こ しょうかい

みなさん、こんにちは。私はジョン・スミスと申します。ア
　　　　　　　　　わたし　　　　　　　　　　　　　　　もう
メリカから参りました。家族は両親と姉と弟がいます。全部で
　　　　まい　　　かぞく　りょうしん　あね　おとうと　　　ぜんぶ
5人です。家族全員アメリカのオハイオに住んでおります。私
にん　　か ぞくぜんいん　　　　　　　　　　　　す　　　　　　わたし
は読書が大好きです。それにスポーツも大好きです。日本語は
どくしょ　だい す　　　　　　　　　　　だい す　　　に ほん ご
まだ上手じゃありませんが、がんばります。みなさん、これか
じょう ず
らどうぞよろしくお願いいたします。
　　　　　　　ねが

大家好。我叫約翰・史密斯。來自美國。我的家人有父母親和姊姊、弟弟，總共5人。全家人都住在美國俄亥俄州。我非常喜歡閱讀，而且也很愛運動。日語還說的不好，不過我會努力。敬請大家今後多多指教。

〈自我紹介１〉　　　　　　　　〈自我紹介２〉

ジョン・スミスです　　→　　ジョン・スミスと申します
　　　　　　　　　　　　　　　　　　　　　　もう

アメリカから来ました　→　　アメリカから参りました
　　　　　　き　　　　　　　　　　　　　　まい

お父さんとお母さん　　→　　両親
　とう　　　かあ　　　　　　　りょうしん

住んでいます　　　　　→　　住んでおります
　す　　　　　　　　　　　　　す

お願いします　　　　　→　　お願いいたします
　ねが　　　　　　　　　　　　ねが

　　各位比較了上面兩段自我介紹之後，感想如何？日語在「自我紹
介」或「面試」這種正式的場合談到自己的時候，經常會用到謙讓語
或鄭重語。

　　下面就請各位挑戰一下自我介紹吧。

【**練習 1**】 請用下面①～⑧的內容做自我介紹。要注意敬語的用法。

① 名前：よう・ぶんけん（楊文健）。〈姓名：楊文健〉
　　なまえ

② 出身：中国の遼寧省。〈籍貫：中國遼寧省〉
　　しゅっしん　ちゅうごく　りょうねいしょう

③ 身分：日本の○○大学経済学部１年生。〈身分：日本○○
　　みぶん　にほん　だいがくけいざいがくぶ　ねんせい

　　大學經濟系一年級〉

④ 家族：父、母、姉。〈家人：父母親、姊姊〉
　　かぞく　ちち　はは　あね

⑤ 住所：○○大学の学生寮。〈住址：○○大學學生宿舍〉
　　じゅうしょ　だいがく　がくせいりょう

⑥ 趣味：カラオケ。〈興趣：唱卡拉ＯＫ〉
　　しゅみ

⑦ 現況：大学の勉強＋アルバイト→忙しい。〈現況：就讀大
　　げんきょう　だいがく　べんきょう　いそが

　　學＋打工→很忙〉

⑧ 計画：卒業後帰国、日系企業就職。〈計劃：畢業後返國、
　　けいかく　そつぎょうご きこく　にっけい きぎょうしゅうしょく

　　進日本公司工作〉

〈**自己紹介**〉みなさん、こんにちは。＿＿＿＿＿＿＿＿＿
（じ　こ　しょうかい）

【練習 2】 請用下面①～⑧的内容做自我介紹。要注意敬語的用
法。

① 名前：キム・ヒョンギョン。〈姓名：金玄敬〉
　　なまえ

② 出身：韓国のプサン。〈籍貫：韓國釜山〉
　　しゅっしん　かんこく

③ 身分：東京の××日本語学校。〈身分：東京××日語學校
　　みぶん　とうきょう　にほんごがっこう
　　學生〉

④ 家族：父、母、兄（アメリカ留学中）。〈家人：父母親、哥
　　かぞく　ちち　はは　あに　りゅうがくちゅう
　　哥（目前留美）〉

⑤ 住所：日本語学校近くのアパート。〈住址：日語學校附近
　　じゅうしょ　にほんごがっこうちか
　　的公寓〉

⑥ 趣味：料理を作る。日本料理に興味。〈興趣：烹飪。對日
　　しゅみ　りょうり　つく　にほんりょうり　きょうみ
　　本料理有興趣〉

⑦ 計画：来年日本の大学へ進学希望。〈計劃：希望明年能進日
　　けいかく　らいねんにほん　だいがく　しんがくきぼう
　　本的大學就讀〉

⑧ 現況：２カ月前来日。日本の生活に慣れた。来年の大学受
　　げんきょう　げつまえらいにち　にほんせいかつ　な　らいねん　だいがくじゅ
　　験準備→忙しい→日本料理を作る時間がない。〈現
　　けんじゅんび　いそが　にほんりょうり　つく　じかん
　　況：兩個月前來到日本，已經習慣日本的生活。準備
　　明年考大學，很忙，沒空做日本料理〉

〈**自己紹介**〉みなさん、こんにちは。＿＿＿＿＿＿＿＿＿＿
じ　こ　しょうかい

＿＿＿＿＿＿＿＿＿＿＿＿＿＿＿＿＿＿＿＿＿＿＿＿＿＿＿

＿＿＿＿＿＿＿＿＿＿＿＿＿＿＿＿＿＿＿＿＿＿＿＿＿＿＿

＿＿＿＿＿＿＿＿＿＿＿＿＿＿＿＿＿＿＿＿＿＿＿＿＿＿＿

＿＿＿＿＿＿＿＿＿＿＿＿＿＿＿＿＿＿＿＿＿＿＿＿＿＿＿

＿＿＿＿＿＿＿＿＿＿＿＿＿＿＿＿＿＿＿＿＿＿＿＿＿＿＿

＿＿＿＿＿＿＿＿＿＿＿＿＿＿＿＿＿＿＿＿＿＿＿＿＿＿＿

＿＿＿＿＿＿＿＿＿＿＿＿＿＿＿＿＿＿＿＿＿＿＿＿＿＿＿

＿＿＿＿＿＿＿＿＿＿＿＿＿＿＿＿＿＿＿＿＿＿＿＿＿＿＿

＿＿＿＿＿＿＿＿＿＿＿＿＿＿＿＿＿＿＿＿＿＿＿＿＿＿＿

＿＿＿＿＿＿＿＿＿＿＿＿＿＿＿＿＿＿＿＿＿＿＿＿＿＿＿

＿＿＿＿＿＿＿＿＿＿＿＿＿＿＿＿＿＿＿＿＿＿＿＿＿＿＿

＿＿＿＿＿＿＿＿＿＿＿＿＿＿＿＿＿＿＿＿＿＿＿＿＿＿＿

＿＿＿＿＿＿＿＿＿＿＿＿＿＿＿＿＿＿＿＿＿＿＿＿＿＿＿

＿＿＿＿＿＿＿＿＿＿＿＿＿＿＿＿＿＿＿＿＿＿＿＿＿＿＿

【練習 1　解答例】

〈自己紹介・例〉

　みなさん、こんにちは。私はよう・ぶんけんと申します。中国の遼寧省から参りました。日本へ来て 1 年になります。今、○○大学経済学部の 1 年生です。家族は両親と姉が一人おります。4 人家族です。家族全部中国に住んでおります。私は現在、大学の学生寮に住んでおります。私は歌が好きで、中国にいるときはよくカラオケで日本の歌を歌っておりました。J ポップはとても好きで、50曲くらい歌うことができますよ。でも、大学の勉強とアルバイトでとても忙しいので、日本へ来てから一度もカラオケへ行ったことがありません。今度ぜひ行ってみたいです。大学を卒業したら、母国へ帰って日本で習った経済学と日本語を活かして日系企業で働きたいと思っています。みなさん、これからも、どうぞよろしくお願いいたします。

　　大家好。我叫楊文健，來自中國遼寧省。來到日本已經一年

了。現在是○○大學經濟系一年級學生。家人有父母親和一個姊姊，總共4個人，一家都住在中國。我現在住在大學裡的學生宿舍。我喜歡唱歌，在中國的時候常去卡拉OK唱日本歌。我非常喜歡J-POP，會唱50首左右。不過因為大學課業和打工非常忙，來日本後一次也沒去過卡拉OK。下次一定要去看看。大學畢業後，我打算回國活用我在日本所學的經濟學和日語，進日本公司工作。敬請大家今後多多指教。

【練習2　解答例】

〈自己紹介・例〉
　じ こ しょうかい　れい

　　みなさん、こんにちは。キム・ヒョンギョンと申します。
　　　　　　　　　　　　　　　　　　　　　　　　　　もう
韓国のプサンから参りました。現在、東京××日本語学校に
かんこく　　　　　　　まい　　　　　げんざい　とうきょう　　　に ほん ご がっこう
通っています。家族は両親と兄です。兄は今アメリカの大学に
かよ　　　　　　か ぞく　りょうしん　あに　　　あに　いま　　　　　　　　だいがく
留学しています。私は日本語学校の近くのアパートに友だちと
りゅうがく　　　　わたし　に ほん ご がっこう　ちか　　　　　　　　　とも
一緒に住んでいます。私の趣味は料理を作ることで、暇なと
いっしょ　す　　　　　わたし　しゅ み　りょう り　つく　　　　　　ひま
き、よく韓国の料理を作っています。日本料理にもとても興味
　　　かんこく　りょう り　つく　　　　　に ほんりょう り　　　　　きょう み
があるので、チャレンジしてみたいです。来年は日本の大学
　　　　　　　　　　　　　　　　　　　　　らいねん　に ほん　だいがく

に行きたいので、今一生懸命勉強しています。２カ月前に日本へ来たばかりですが、日本の習慣と韓国の習慣は似ているので、生活には慣れました。来年大学へ進学するつもりなので、今毎日とても忙しくて、なかなか料理を作る時間がありません。でも冬休みの時に時間があるかもしれません。

　得意の韓国料理を作ったら、ぜひみなさんにも食べさせてあげたいです。楽しみにしてください。どうぞよろしくお願い致します。

　　大家好。我叫金玄敬。來自韓國釜山。現在就讀東京××日語學校。家人有父母親和一個哥哥。哥哥現在在美國留學。我跟朋友一起住在日語學校附近的公寓。我的興趣是烹飪，有空時經常做韓國菜。我對日本料理也非常有興趣，想要嘗試看看。明年希望能進日本的大學就讀，現在正拼命用功。雖然兩個月前才剛來到日本，但因日本的生活習慣和韓國相近，生活上我已經習慣。由於明年打算上大學，現在每天都非常忙，很難有時間做菜。不過寒假時或許會有時間。

　　如果我有做韓國菜，希望也能請大家品嚐。敬請期待。請多多指教。

第12課

面試的敬語

這是最後一課了，要學習「面試」的敬語用法。

說到面試，最具代表性的就是在打工或就業的地方參加的面試。面試時，主考官和應試者彼此都是第一次見面，因此自然有比較多的機會用到敬語。

首先就讓我們來看看這兩種情況的實例吧。

〈アルバイト先での面接〉　打工面試　

王　：こんにちは。失礼します。アルバイトの募集を見て来
おう　　　　　　　しつれい　　　　　　　　　　　　ぼしゅう　み　き
　　　たんですけど……。

店長：ああ、そうですか。わかりました。じゃ、ちょっと中
てんちょう　　　　　　　　　　　　　　　　　　　　　　　なか
　　　へお入りください。
　　　　　はい

王　：はい、どうぞよろしくお願いします。
おう　　　　　　　　　　　　　　　　ねが

店長：ええと、お名前は？
てんちょう　　　　なまえ

王　：王建光と申します。
　おう　おうけんこう　もう

店長：王さんですね。王さんは留学生ですね。日本語のほう
　てんちょう　おう　　　　おう　　　りゅうがくせい　　　　にほんご
　　　は大丈夫ですか？
　　　だいじょうぶ

王　：はい、去年、日本語能力試験1級に合格しましたし
　おう　　　きょねん　にほんごのうりょくしけん　きゅう　ごうかく
　　　……コンビニの仕事は大丈夫だと思います。
　　　　　　　　しごと　だいじょうぶ　おも

店長：そうですか。ええと……以前コンビニの仕事の経験が
　てんちょう　　　　　　　　いぜん　　　　　しごと　けいけん
　　　ございますか？

王　：はい、大学1年生の時、夏休みに2カ月くらいしたこ
　おう　　　だいがく　ねんせい　とき　なつやす　　　げつ
　　　とがあります。

店長：それなら安心ですね。ええと、王さん、何かご質問が
　てんちょう　　　あんしん　　　　　　　おう　なに　しつもん
　　　ございますか？

王　：あのう、交通費はいただけるんでしょうか？
　おう　　　こうつうひ

店長：はい、それは出勤日に応じて支給いたします。
　てんちょう　　　しゅっきんび　おう　しきゅう

王　：そうですか。ありがとうございます。
　おう

店長：それでは、面接の結果は追ってご連絡しますので、そ
　てんちょう　　　めんせつ　けっか　お　　れんらく
　　　れまでお待ちください。
　　　　　　ま

王　：はい、わかりました。どうもありがとうございまし
　おう
　　　た。

王　：您好。對不起，我看到你們要徵人打工，來應徵……。

店長：哦，是嗎？我知道了。那請進來裡面一下。

王　　：好的，麻煩您了。

店長：呃……請問大名是？

王　　：我叫王建光。

店長：王同學啊。你是留學生對吧？日語沒問題嗎？

王　　：是的，我去年通過日語能力檢定考一級……我想超商的
　　　　工作沒問題。

店長：這樣子啊。呃……以前曾經在超商工作過嗎？

王　　：有，大學一年級的時候，曾經在暑假工作兩個月。

店長：那我就放心了。呃…王同學你有什麼問題要問嗎？

王　　：這個……請問有交通費可領嗎？

店長：有。上班幾天就給幾天。

王　　：這樣子啊。謝謝。

店長：那麼，面試的結果以後會跟你聯絡，請等候通知。

王　　：是的，我知道了。謝謝您。

〈就職先での面接〉　求職面試　
しゅうしょくさき　めんせつ

面接官：こんにちは。どうぞこちらにお掛けください。
めんせつかん　　　　　　　　　　　　　　　　　　　か

王　　：こんにちは。よろしくお願いします。
おう　　　　　　　　　　　　　　　　　ねが

面接官：まず、お名前と所属大学と専攻をおっしゃってくだ
めんせつかん　　　　なまえ　しょぞくだいがく　せんこう

　　　　さい。

王　：はい。王建光と申します。東南大学経済学部の４年生です。専攻は近現代経済史を専攻しております。

面接官：ご家族は？

王　：家族は妻と４歳の娘と６カ月の息子がおります。

面接官：そうですか。それは大変ですね。弊社に応募した理由は？

王　：はい、今申したように、家庭がありますので、そのために経済的に安定した仕事に就きたくて、こちらの会社に応募いたしました。

面接官：なるほど。あのう、日本の企業は中国の企業といろんな面で違うところがたくさんあると思うんですが、その点は大丈夫ですか？

王　：はい、それは当然だと思います。「郷に入りては郷に従え」と言いますから、覚悟はしております。

面接官：そうですか。わかりました。

主考官：你好。請這邊坐。

王　：你好。請多多指教。

主考官：首先請說出大名、就讀的大學以及專攻領域。

王　：好的。我叫王建光，東南大學經濟系4年級。專攻領域是近代經濟史。

主考官：有幾個家人？

王　　：家人有內人、一個四歲的女兒以及一個6個月大的兒子。

主考官：這樣子啊。那很辛苦吧。應徵本公司的理由是？

王　　：是的，剛才也說過我有家庭，所以希望找一個經濟上比較安定的工作，就來貴公司應徵。

主考官：我了解了。呃…我想日本的企業和中國的企業在各方面有許多不一樣的地方，這一點沒問題嗎？

王　　：是的。我想那是理所當然的。俗語說「入境隨俗」，我已有心理準備。

主考官：這樣子啊。我知道了。

各位看了這兩段面試的對話，想必已經注意到其中用了不少敬語。值得注意的是地位較高的店長和主考官敬語用得相當頻繁。

他們所用的敬語都是這一年來已經學過的敬語，在日常會話中很常用到。

那麼，最後請挑戰下面的練習題，檢驗一下自己的實力。

【練習】 下面的會話是打工面試的場景。請將劃線部份改為適切的敬語。

王　：もしもし、王建光_{おうけんこう}①ですが、アルバイトの募集広告_{ぼしゅうこうこく}を見_みて
おう　　②電話_{でんわ}しました。

店長：もしもし、店長_{てんちょう}の山本_{やまもと}③です。アルバイトの件_{けん}ですね。そ
てんちょう　れでは、これから、④ここへ来_こられますか？

王　：はい、大丈夫_{だいじょうぶ}です。あのう、何時_{なんじ}ごろが⑤いいですか？
おう

店長：午後_{ごご}3時_じは⑥どうですか？
てんちょう

王　：はい、わかりました。では、3時_じに⑦そこへ⑧行_いきます。
おう

店長：はい、⑨待_まっています。どうもありがとうございまし
てんちょう　た。

王　：じゃ、よろしくお願_{ねが}いします。失礼_{しつれい}します。
おう

（①_____）　（②_____）

（③_____）　（④_____）

（⑤_____）　（⑥_____）

（⑦_____）　（⑧_____）

（⑨_____）

王　：喂、喂！我叫王建光，我看到徵人打工的廣告所以打電話
　　　來……。

126

店長：喂、喂！我是店長山本。是打工的事對吧。那你可以現在
　　　來嗎？

王　：是，沒問題。呃…大約幾點比較好呢？

店長：下午3點怎麼樣？

王　：好的，我知道了。那我3點過去你那邊。

店長：好，就等你來。謝謝。

王　：那麻煩你了。再見。

（午後3時）

王　：こんにちは。あのう、⑩さっき、⑪電話した者ですが
　　　……。

店長：はい、王さんですね。初めまして。店長の山本です。⑫
　　　待っていました。どうぞ⑬ここに⑭座ってください。

王　：はい、よろしくお願いします。あのう、履歴書です。

店長：はい、ありがとうございます。**（店長、履歴書を見なが
　　　ら）**……王さんは、東南大学の留学生なんですね。いつ
　　　日本へ⑮来たんですか？

王　：5年前です。

店長：じゃ、日本語は問題ありませんね。以前、接客の仕事を⑯
　　　したことが⑰ありますか？

王　：日本ではありませんが、中国にいた時、少し経験があり
　　　ます。

店長：王さん、何か⑱聞きたいことは？

王　：あのう、ちょっと⑲聞きたいんですけど、火曜日と水曜日の午後は休めますか？

店長：ええと、スケジュールを調整すれば、休めますよ。何か用事でも？

王　：実は、その日は大学の授業があるんです。あのう、⑳休んでもいいですか？

店長：そうですか。わかりました。

王　：よろしくお願いします。

(⑩＿＿＿＿＿＿＿＿＿)　(⑪＿＿＿＿＿＿＿＿＿)

(⑫＿＿＿＿＿＿＿＿＿)　(⑬＿＿＿＿＿＿＿＿＿)

(⑭＿＿＿＿＿＿＿＿＿)　(⑮＿＿＿＿＿＿＿＿＿)

(⑯＿＿＿＿＿＿＿＿＿)　(⑰＿＿＿＿＿＿＿＿＿)

(⑱＿＿＿＿＿＿＿＿＿)　(⑲＿＿＿＿＿＿＿＿＿)

(⑳＿＿＿＿＿＿＿＿＿)

(下午3點)

王　：你好！呃…我是剛才打電話的人……。

店長：是。王同學對吧。幸會！我是店長山本。正等你來呢。請這邊坐。

王　：是，請多指教。呃…這是履歷表。

店長：好，謝謝。（店長邊看履歷表）……王同學你是東南大學的留學生對吧。什麼時候來日本的？

王　：5年前。

店長：那日語沒問題囉。以前做過接待顧客的工作沒有？

王　：日本沒有。以前住中國的時候有少許經驗。

店長：王同學你有問題想問嗎？

王　：呃……我想請問一下，週二和週三下午能不能休假？

店長：這個啊，只要調整一下排班表就可以休假啊。有什麼事嗎？

王　：不瞞您說，這兩天我大學有課。呃…可以排休假嗎？

店長：這樣子啊，我知道了。

王　：拜託您了。

【練習】解答

①と申します

②お電話しました

③と申します

④こちら

⑤よろしいですか

⑥いかがですか

⑦そちら

⑧伺います

（参ります）

⑨お待ちしております

⑩さきほど

⑪お電話した

⑫お待ちしておりました

⑬こちら

⑭お座りください

⑮いらっしゃったんですか

⑯なさったこと

⑰ございますか

⑱お聞きになりたいこととは

⑲お伺いしたいんですけど

⑳休ませていただけませんか

附　　錄

敬語一覧表

敬語一覧表

【敬語の5分類】

	1．尊敬語
遠	2．謙譲語Ⅰ
	3．謙譲語Ⅱ
近	4．丁寧語
	5．美化語

【敬語表現の種類】

	① 特別な用語	② 文型を使う	③ 尊敬形を使う	④ その他
尊敬語	いらっしゃいます ご覧になります 召し上がります ご存じです	お+食べ+ください ご+連絡+ください お+休み+に+なります ご+休憩+に+なります 出張+なさいます	飲まれます （Ⅰ） 食べられます （Ⅱ） 来られます （Ⅲ） されます（Ⅲ）	お手紙 お宅 ご立派 お暇 貴社
謙譲語 Ⅰ	申し上げます 差し上げます 拝見します 伺います	お+持ち+（致）します ご+紹介+（致）します		お手紙 お誘い ご連絡 ご案内
謙譲語 Ⅱ	参ります・申します・致します 弊社・拙者・小社			
丁寧語	〜です・〜ます・〜でございます			
美化語	お酒・お風呂・お冷・お弁当			

【動詞】特別な用語を使う場合

	尊敬語	謙譲語
行きます	いらっしゃいます	伺います
来ます	〃	伺います／参ります
います	〃	おります
見ます	ご覧になります	拝見します
食べます	召し上がります	いただきます
飲みます	〃	いただきます
知っています	ご存じです	存じ（上げ）ています
言います	おっしゃいます	申し（上げ）ます
思います		存じます
します	なさいます	いたします
くれます	くださいます	
あげます		差し上げます
もらいます		いただきます
見ます	ご覧になります	拝見します
借ります		拝借します
会います		お目にかかります
着ます	お召しになります	
寝ます	お休みになります	
見せます		お目にかけます
尋ねます		伺います
聞きます		伺います／拝聴します

【家族の呼称】

呼称	私の～	あなたの～
父	父	お父さん
母	母	お母さん
兄	兄	お兄さん
姉	姉	お姉さん
弟	弟	弟さん
妹	妹	妹さん
祖父	祖父	おじいさん
祖母	祖母	おばあさん
夫	夫／主人	ご主人
妻	妻／家内	奥さん
子ども	子ども	お子さん
息子	息子	息子さん
娘	娘	娘さん
孫	孫	お孫さん
いとこ	いとこ	いとこ（さん）

【形容詞】

	普通形	敬語
語幹がア段の場合　ai　→　oo	あかい	あこうございます
	いたい	いとうございます
〃　イ段　〃　　ii　→　iyu	おおきい	おおきゅうございます
	さびしい	さびしゅうございます
〃　ウ段　〃　　ui　→　uu	ふるい	ふるうございます
	あつい	あつうございます
〃　エ段　〃　　なし		
〃　オ段　〃　　oi　→　oo	おそい	おそうございます
	かしこい	かしこうございます

【お～／ご～】

	お	ご
尊敬語 （相手の動作や状態、所有をあらわすもの）	お上手・お暇・お泊り・お叱り・お引っ越し・お疲れ・お荷物・お名前	ご意見・ご入学・ご着席・ご令嬢・ご趣味・ご丁寧・ご満足・ご住所
謙譲語 （非常に少ない）	お邪魔・おしょうばん（相伴）	ご案内（まれに尊敬語）
尊敬語・謙譲語 （二方向の動作を表す）	お約束・お電話・お手紙	ご注意・ご連絡・ご報告・ご用意・ご紹介・ご説明

美化語 （単純な物質名詞）	お刺身・お尻・お墓・ お米・お皿・お鍋・ お店・お芝居・お餅・ お人形・お漬物・お酒・ お酢・お野菜・お肉・ お弁当・お役人・ お天気・お茶碗	ご祝儀
意味が固定したもの	お手上げ・お仕置き・ おまわりさん・おかわり・ お辞儀・お帰りなさい・ お中元・おひたし・ お腹・お化け・ お利口さん・お多福・ お世辞・お手並み・ お参り	ご利益・ りやく ご苦労さん・ ご飯・ご免・ ご足労
お＋漢語名詞	お財布・お煎餅・ お弁当・お豆腐・ お掃除・お裁縫・ お習字・お作法・ お砂糖・お化粧・ お勘定・お行儀	

【丁寧形】

	普通形	丁寧形 （です・ます）	丁寧形 （でございます）
動詞	行く 行かない 行った 行かなかった	行きます 行きません 行きました 行きませんでした	
い形	たかい たかくない たかかった たかくなかった	たかいです たかくないです たかかったです たかくなかったです	
な形	有名だ 有名じゃない 有名だった 有名じゃなかった	有名です 有名じゃありません 有名でした 有名じゃありませんでした	有名でございます 有名ではございません 有名でございました 有名ではございませんでした
名詞	雨だ 雨じゃない 雨だった 雨じゃなかった	雨です 雨じゃありません 雨でした 雨じゃありませんでした	雨でございます 雨ではございません 雨でございました 雨ではございませんでした

【文体】

	普通体	丁寧体	論文体
動詞	行く 行かない 行った 行かなかった	行きます 行きません 行きました 行きませんでした	行く 行かない 行った 行かなかった
い形容詞	たかい たかくない たかかった たかくなかった	たかいです たかくないです たかかったです たかくなかったです	たかい たかくない たかかった たかくなかった
な形容詞	有名だ 有名じゃない 有名だった 有名じゃなかった	有名です 有名じゃありません 有名でした 有名じゃありませんでした	有名である 有名ではない 有名だった 有名ではなかった
名詞	雨だ 雨じゃない 雨だった 雨じゃなかった	雨です 雨じゃありません 雨でした 雨じゃありませんでした	雨である 雨ではない 雨だった 雨ではなかった

【改まり語】

	普通の表現	改まり語
名詞	今日（きょう）	本日（ほんじつ）
	明日（あした）	明日（あす・みょうにち）
	昨日（きのう）	昨日（さくじつ）
	去年（きょねん）	昨年（さくねん）
	夕べ	昨晩（さくばん）
	ただ	無料
	休み	欠席・休息
	本	書籍・書物
	食べ物	食物（しょくもつ）
	生き物	生物
副詞	時	際・折
	今	ただ今
	さっき	さきほど
	よく	たびたび
	すこし・ちょっと	わずか・少々
	もうすぐ	まもなく
	ほんとうに	まことに
	とても	はなはだ
	そんなに～ない	さほど～ない
	絶対に～ない	決して～ない
	非常に	極めて

動詞	買う	購入する
	売る	販売する
	書く	記載する／記入する
	着く	到着する
	始まる	開始する
	終わる	終了する
	乗る	乗車する
	降りる	下車する
	家へ帰る	帰宅する
	会社へ行く	出社する
助詞	～から	～より
	～で	～にて
	～を	～をば
	じゃ～	では～

【参考文献】

　菊池康人（1997）

　　　『敬語』講談社学術文庫

　宇佐美まゆみ（2002）

　　　『ポライトネス理論の展開』月刊「言語」連載　大修館

　金水敏（2005）

　　　「日本語敬語の文法化と意味変化」『日本語の研究』

　　第1巻3号

　文化庁文化審議会答申（2007）

　　　『敬語の指針』

　野口恵子（2009）

　　　『バカ丁寧化する日本語』光文社新書

　金谷武洋（2010）

　　　『日本語は敬語があって主語がない』光文社新書

【著者簡介】

副島　勉（そえじま　つとむ）

日本北九州大学外国語学部中国学科卒業

台灣永漢日語日本語教師（1996年〜2006年）

現任日本長崎ウエスレヤン大学非常勤講師

mailto：tsutomu110329@iga.bbiq.jp

【著作】

《自動詞與他動詞綜合問題集》　　　　2006年 ― 鴻儒堂(再版)

《詳解日本語能力測驗１級２級文法》　2009年 ― 鴻儒堂(再版)

《類義表現１００與問題集》　　　　　2010年 ― 鴻儒堂(再版)

《やさしい敬語学習》2009年1〜12月 鴻儒堂・階梯日本語雜誌連載

【譯者簡介】

黃國彥

出生於台灣桃園。日本東京大學語言學系博士課程結業。

專攻對比語言學、日本語學、翻譯學。

曾任教於中國文化大學、輔仁大學、東吳大學，並負責監

修《王育德全集》。於2003年自東吳大學日語系退休。

目前擔任《階梯日本語雜誌》總編輯，並從事翻譯工作。

日本語檢定考試對策

詳解　日本語能力測驗1級．2級文法

副島勉　著　定價：280元

本書以日本語能力試驗「出題基準」＜改訂版＞1,2級的文法項目為基本資料而編成。收錄的句型總共有300個，所收錄的例文盡量採用了生動又有臨場感，能表達出日本人的價值觀的句子，有助於瞭解日本文化。

日本語檢定考試對策

自動詞與他動詞綜合問題集

**副島勉／盧月珠（東吳大學日本語文學系副教授）共著
定價：250元**

本書內容實用，由淺入深、循序漸進，並可活用於生活和職場的實況會話。附例句中譯、練習解答，教、學兩便。無論是初學者，或是想重新打好基礎者皆適用，可在最短的時間內達到最大的效果。

日語類義表現100與問題集

副島勉　編著　定價：280元

即使是曖昧的類似語也必定存在著差異點。本書所收錄的類似語幾乎都是從初級到中級的學習階段當中必定會遇到的詞語，針對日語學習者和教師，為了在有限的時間，能夠有效的學習類似語下了一番工夫。以簡潔的理論記述解說，盡量採用日本人在實際生活中使用的自然日語作為例文與練習問題，必能使學習者和教師在有限的學習時間中達到最大的學習成果。

日語類義表現

**黃淑燕（東海大學日本語文學系副教授）編著
定價：450元**

內容透過實際例句的比較和觀察，凸顯並分析各種詞義的異同之處。具客觀性並加強結論的可信度與說服力。更方便讓學習者有系統地學習日語中類義的基本知識！

國家圖書館出版品預行編目資料

輕鬆學日文敬語 / 副島勉編著 ； 黃國彥譯.
— 初版. — 臺北市 ： 鴻儒堂，民101.03
面； 公分
ISBN 978-986-6230-14-1(平裝附光碟片)

1.日語 2.敬語

803.168 100026359

日 語 基 礎 語 法 教 室

黃國彥. 趙姬玉 編著 定價：400元

本書原本連載於《階梯日本語雜誌》(2004年8月號～2007年3月
號)，加以匯整改編成單行本出版，更能方便學習者有系統地學
習日語語法的基本知識！

◎ 循序漸進說明日語重要語法規律
◎ 簡潔扼要提示基本句型例句豐富
◎ 從日語華語對比的觀點加以詮釋

聽！說！校園生活日語會話

佐藤圭司 編著／黃國彥 中譯
附MP3CD一片，定價：400元

日語會話有許多獨特的重要表達方式，正確掌握這些表達方式並
適當加以運用，能讓你的會話顯得既生動又得體。本書透過實
用的對話，介紹在日語會話中扮演重要角色的表達方式，並附
mp3CD，可幫助讀者大幅提升會話能力。

輕鬆學日文敬語

附mp3 CD，定價：300元

2012年（民101年） 3月初版一刷
本出版社經行政院新聞局核准登記
登記證字號：局版臺業字1292號

著　　　者：副　島　勉
譯　　　者：黃　國　彥
發　行　所：鴻儒堂出版社
發　行　人：黃　成　業
門市地址：台北市中正區漢口街一段35號3樓
電　　　話：02-2311-3810
傳　　　真：02-2331-7986
管　理　部：台北市中正區懷寧街8巷7號
電　　　話：02-2311-3823
傳　　　真：02-2361-2334
郵 政 劃 撥：0 1 5 5 3 0 0 1
E - m a i l：hjt903@ms25.hinet.net

鴻儒堂出版社設有網頁，歡迎多加利用
網址：http://www.hjtbook.com.tw